Magnus Lerch · Anandas Traum

Magnus Lerch

Anandas Traum

Roman

Bibliografische Information der Deutschen Nationalbibliothek:
Die Deutsche Nationalbibliothek verzeichnet diese Publikation in der
Deutschen Nationalbibliografie; detaillierte bibliografische Daten sind
im Internet über < http://dnb.d-nb.de > abrufbar.

© 2007 Magnus Lerch
Satz und Layout: Buch&media GmbH, München
Umschlaggestaltung: Kay Fretwurst, Spreeau
Umschlagidee und -skizze: Sabine Sydow und Magnus Lerch, Berlin
Herstellung und Verlag: Books on Demand GmbH, Norderstedt
Printed in Germany
ISBN 978-3-8334-8017-1

Für Sabine

Danksagung

Ich hatte viele Lehrer in meinem Leben. Ihnen allen bin ich sehr dankbar. Für dieses Buch möchte ich einigen von ihnen speziell danken - ihr Wissen hat mich berührt, beeinflusst und ist in „Anandas Traum" eingeflossen:

Ich danke Julia Cameron für ihr eindrucksvolles Buch „Der Weg des Künstlers", das mir den ersten Schritt zu meinem Roman erleichterte.

Mein Dank gilt Eugene T. Gendlin für die von ihm im gleichnamigen Buch beschriebene Methode des „Focusing", die mir eine neue Welt der Selbstwahrnehmung mittels Körperbewusstsein zeigte und mein erster Kontakt zu diesem spannenden Thema war.

Weiterhin danke ich Arnold Mindell für seine Bücher über Prozessorientierte Psychologie - eine reiche und spannende Quelle an Erkenntnissen, die meinen Wissensschatz wundervoll erweiterten.

Ebenfalls inspiriert und beeindruckt hat mich das Buch „Waking The Tiger" von Peter A. Levine und Ann Frederick, das einen wundervollen Beitrag zum Thema Traumaheilung liefert.

Ein besonderer Dank gilt Kosta Zamanis und Anke Sommer von KA²plus. In den von ihnen geleiteten Seminaren, Qualifikationsprogrammen und in zahlreichen Begleitungen führten sie mich in einen tief greifenden Erkenntnisprozess und eröffneten mir ein spannendes Feld neuer Wahrnehmungen und der Welt „hinter" der Alltäglichkeit. Diese Erfahrungen motivierten mich, die Stationen meiner Erkenntnisreise im vorliegenden Roman zu verarbeiten. Viele meiner auf das Körper- und Symptomwissen bezogenen Erkenntnisse wurden durch ihre Methode, zum eigenen Körperwissen zu gelangen und das Wissen über die eigenen Grenzen hinaus zu nutzen, ermöglicht und stark inspiriert.

Ein weiterer besonderer Dank gilt Mark Whitwell für seine Weisheit und seine unvergleichliche Art und Weise, Yoga zu lehren.

Ich danke den Mitarbeiterinnen und Mitarbeitern von Books on Demand (BoD) und der BUCH&media GmbH für ihre Beratung und Unterstützung bei der Realisierung von „Anandas Traum", vor allem bezüglich Lektorat, Redaktion, Layout und Marketing.

Vor allem danke ich Sabine, der dieses Buch gewidmet ist. Mit ihr erlebe ich die schönste Zeit meines Lebens.

E s war sein größter Wunsch, sein Lebenstraum, einen Roman zu veröffentlichen. Er wusste nicht mehr, woher dieser Wunsch stammte. Als kleiner Junge wollte er Archäologe werden, später dann Konditor, weil er so gern Kuchenteig naschte. Jetzt aber, nach Jahrzehnten des Schuftens und der Selbstaufgabe, nistete sich die Idee vom Schreiben so sehr in seinem Kopf ein, dass er Schmerzen bekam, wenn er einen Tag lang nicht schreiben konnte. Immer wieder schoben sich Gründe in sein Leben, die ihn vom Schreiben abhielten. Und er hasste sich selbst dafür, dass er diese Gründe wichtiger nahm, als seinem Traum zu folgen.

Wie kam es, dass ihm sein Lebenstraum plötzlich so wichtig war? Hatte er schon immer so starke Wünsche und Träume gehabt? Hatte er sie vorher lediglich nicht wahrgenommen? Wie war er früher damit umgegangen?

Heute kam es ihm so vor, als sei er aus der Gebärmutter seines früheren Lebens geklettert und sähe die Welt um sich herum zum ersten Mal. Er verließ diesen warmen Kokon, in dem es gemütlich war, in dem er sein Leben nie in Frage stellte und in dem er immer genau die Dinge tat, die er sich wünschte und von denen er träumte. Dort war er nicht einmal auf den Gedanken gekommen, dass seine Träume und die Welt um ihn herum Gegensätze seien. Dort war er sich immer sicher gewesen, dass er das Richtige tue und seinen Zielen folge.

Nun aber zeigten ihm seine Schmerzen tagtäglich, dass er einer Illusion erlegen war. Sein Leben war in Wirklichkeit den Wünschen und Erwartungen seiner Umwelt gefolgt, nicht den seinen. Meisterhaft hatte er wahrgenommen, was den Menschen in seiner Umgebung gut tat und was sie von ihm erwarteten. Und er hatte all diese Erwartungen erfüllt. So gut es ging. Und er war gut.

Natürlich brachte ihm das allerlei Lob und Achtung ein. Er selbst fühlte sich jedoch immer erstaunlich schlecht und leer. Oft grübelte er über sich und sein Verhalten nach. Irgendetwas hätte er immer besser machen können. Immer fand er Fehler und Schwächen an sich selbst und an dem, was er getan hatte. Trotz großer »Erfolge« blieb er immer deprimiert und leer zurück. Mehr und mehr verfiel er einer tiefen Melancholie. Das Leben erschien ihm sinnlos. Und oft stellte er sich seine bedrückende Zukunft vor. In diesen Momenten erschien ihm ein frei gewählter Tod als eine gute Alternative zu dem ständigen Leid, das ihn tagtäglich für den Rest seines Lebens erwartete.

Nun aber war alles anders. Sein Traum von einem eigenen Roman mit seinem Namen auf dem Buchdeckel malte sich in immer bunteren Farben in seinen Kopf, sein Leben erstrahlte immer heller und fröhlicher. Und zwar immer dann, wenn er sich dem Träumen hingab. Und wenn er sich die Zeit nahm, seinem Traum zu folgen.

Tat er das nicht – aus allerlei Gründen, die er aus seinem vorherigen Leben mitgenommen hatte –, überkam ihn wieder das Gefühl von Sinnlosigkeit und Leere. Er spürte dann erneut, wie schwer, zäh und freudlos das Leben war. Sein Körper reagierte sehr deutlich auf diese melancholischen Momente: Er bekam Rückenschmerzen. Diese stiegen, je länger die Melancholie dauerte, höher und höher bis zwischen seine Schulterblätter. Dort ruhte der Schmerz eine Weile, bis er weiterkroch bis in seinen Nacken. Da angekommen, gab es für ihn nahezu keine Chance mehr, den drohenden Kopfschmerz abzuwenden. Die unbeirrbaren Schmerzen arbeiteten sich innerhalb von ein bis zwei Stunden an seiner Wirbelsäule und seinem Kopf empor, hielten erst den Hinterkopf in ihren scharfen Krallen, dann den Scheitel, um sich schließlich – in einer Art Finale – des ganzen Kopfes zu bemächtigen.

Ab diesem Zeitpunkt waren die Kopfschmerzen die Meister über sein Leben. Sie bestimmten seine Gefühle und Gedanken. Sie befahlen ihm, was er zu tun hatte, um ihnen zu gefallen, und sie verboten ihm alles andere. Mit teuflischem Lachen hielten sie sein Leben in ihrem Bann. Lehnte er sich gegen sie auf, zogen sie ihre Schraubzwingen fester zu, sodass ihm vom Schmerz schlecht wurde und er das Gefühl bekam, ohnmächtig zu werden. Hatte er keine anderen Pläne, gab er sich den Schmerzen hin und resignierte vor ihnen. Sie nahmen sich dann all ihre Zeit, um schließlich nach Stunden abzuklingen. Hatte er jedoch etwas Wichtiges vor, zum Beispiel Arbeiten, Ausgehen oder Schlafen, dann blieb ihm meist nur der Ausweg über Schmerztabletten. Nach Einnahme der Tabletten musste er nur noch etwa eine halbe Stunde leiden. Doch die Schmerzen verschwanden nicht einfach so: Kurz bevor die Tabletten wirkten, zogen sie ihren Würgegriff noch einmal so fest zu, dass er fast wahnsinnig wurde.

Diese letzte Phase des Leidens war so, wie er sich eine Vollbremsung auf der Autobahn bei zweihundert Stundenkilometern vorstellte – eine Extremsituation, in der sich das ganze Leben auf einen Brennpunkt fokussierte: Werde ich zum Stillstand kommen und diesen Moment überleben?

Nach dieser extremen Anspannung, wenn er den Schmerz ausgehalten hatte und die Vollbremsung erfolgreich war, kam eine Erleichterung, die ihn vor Freude und Erschöpfung weinen ließ. Der Schmerz war weg. Und er lebte noch. Er war der Übermacht des körperlichen Leidens noch einmal entkommen, fühlte aber zugleich die unsagbare Anstrengung, die ihn der Kampf gegen den Schmerz gekostet hatte.

Trotz der enormen Belastung wusste er: Dieser Schmerz war für ihn ein wichtiger Ratgeber. Und er respektierte ihn für seine Weisheit. Auch wenn er ihn verfluchte für seine gewaltige Stärke und Macht. Der Schmerz wies ihm auf erstaunliche Art und Weise seinen Weg: indem er sich immer dann zeigte, wenn er sich auf Abwegen befand und seinem Weg nicht mehr folgte.

Sein Weg zeichnete sich nun immer klarer ab: Er wollte Schriftsteller werden. Er hatte allerdings keine Ahnung und sehr viele Zweifel, ob er gut genug schreiben konnte. Sicher, schon viele Jahre schrieb er, hauptsächlich tagebuchartige Gedanken, die er ungefiltert aufs Papier fließen ließ. Aber nie zeichnete sich eine Geschichte ab, die einen Roman füllen konnte. Doch das Schreiben machte ihm so viel Freude! Es war sein Leben! Jedes Mal blühte er beim Schreiben auf, selbst wenn der Inhalt seiner Texte düster und bedrückend war. Im Schreiben fand er die Hingabe und Lebensfreude, die er in seinem sonstigen Leben verloren hatte.

Er hatte für sich entschieden – und es war einer seiner größten Wünsche –, dass er einen Roman veröffentlichen wollte. Wochenlang rang er nun schon darum, einen geeigneten Stoff zu finden. Es fiel ihm nichts ein, was umfangreich und gehaltvoll genug für ein ganzes Buch war und ihn zudem noch selbst ausreichend interessierte und fesselte.

Sicher, er wusste genau, was er liebte: das uneingeschränkte Schreiben über das, was ihm gerade einfiel. Ohne jegliche Einengung. Ohne jegliche Planung. Ohne Beachtung irgendwelcher Regeln, Zusammenhänge oder eines guten Stils. Er liebte den Flow, wenn seine Gedanken, Gefühle und Träume ungehindert auf das Papier strömten, wenn dann das Lesen seiner Worte wieder neue Worte entstehen ließ, wenn die Mechanik des Schreibens selbst den Fluss seiner Worte, seiner Gedanken und Gefühle antrieb. Dann fühlte er sich verbunden mit sich selbst, eins mit der Welt und der Quelle des Lebens. Vollends im Hier und Jetzt fühlte er sich im Fluss des Lebens und versuchte nicht mehr zu kämpfen, versuchte nicht mehr, die Richtung seines Lebens zu bestimmen. Er folgte einfach dem Fluss, ließ sich treiben und tragen. Und er fühlte sich sicher und geborgen, auch wenn der Fluss, von außen betrachtet, zeitweise reißend und bedrohlich wirkte. Er wusste, dass der Fluss seine Heimat, sein Zuhause war. Sich dem Fluss hinzugeben, war die Herausforderung seines Lebens – und zugleich seine Rettung.

Was machte es ihm dann so schwer, ein Thema für seinen Roman zu finden? Es schien, als fehle ihm etwas, als habe er etwas nicht verstanden in diesem Leben. Langsam dämmerte ihm auch, was das war: Er hatte in der Vergangenheit viele Bücher über das Glück gelesen, las auch jetzt wieder eines. Und immer wieder stand er ratlos vor der Frage, was ihm selbst zum Glück fehlte. Er lebte in einem Land und in einer Stadt, die sehr sicher waren. Er wohnte in einer schönen, komfortablen Wohnung. Er hatte genügend Geld für Essen, Reisen, ein Auto, Geschenke für sich und seine Freunde. Neben seiner Arbeit hatte er auch genug Zeit für die Dinge, die er gern tat. Oder besser: hätte tun können. Denn er wusste einfach nicht, was er gern tat. Seine früheren Hobbys hatte er aufgegeben, weil er eine Zeit lang viel, sehr viel gearbeitet und ihm die Zeit für jegliche Freizeitaktivitäten gefehlt hatte. Nun arbeitete er wesentlich weniger und die Zeit war nicht mehr das Problem. Doch ihm fiel einfach nichts ein, was ihm Spaß machte.

Nichts interessierte ihn so sehr, dass er sich damit längere Zeit beschäftigen wollte. Allem fehlte jegliche Faszination, nichts sprach ihn besonders an. So verfiel sein Interesse an den Dingen immer mehr, bis er zuletzt das Interesse am Leben selbst verloren hatte.

Nach langen Jahren der Sinnlosigkeit entdeckte er neu, dass er gern schrieb. Nach vielen Monaten, in denen er sehr viel geschrieben hatte, reifte in ihm der Wunsch, einen Roman zu veröffentlichen. Dieser Wunsch hatte sich nun in ihm so festgesetzt, dass er an nichts anderes mehr denken konnte. Es fühlte sich für ihn so an, als ginge es um Leben und Tod. Um sein Leben. Um seinen Tod.

Hoffnung keimte in ihm auf und er empfand das Leben wieder als lebenswert und erfüllend. Er hatte für sich einen Lebenstraum entdeckt und konnte diesem Ziel nun folgen. Das gab seinem Leben wieder Richtung und seinem Alltag Struktur. Es hätte nun alles so einfach sein können – er musste nur beginnen, den Roman zu schreiben.

Doch obwohl er ständig darüber nachdachte, fiel ihm kein einziges Thema ein, über das er schreiben wollte. Keine Figur, kein Konflikt, kein Weltproblem, kein Ort, keine Zeit. Alles, was ihm durch den Kopf schoss, blieb gleich farblos für ihn. Das alte Gefühl der Sinnlosigkeit und der Leere, das ihn so viele Jahre begleitet hatte, kam zurück, legte sich auf sein Gemüt und spiegelte ihm das Lächerliche seines Lebenstraums. War nicht dieser Traum genauso unwichtig und uninteressant wie alles in seinem Leben?

Immer mehr, immer öfter, inzwischen fast in jedem Moment seines wachen Lebens quälte ihn die Suche nach dem Romanstoff. Und je länger ihm keine geeignete Geschichte einfiel, desto schwerer und schwerer fühlte sich die Erfüllung seines Traumes an. Sein Traum verblasste, je mehr Hindernisse sich zwischen ihm und dem fertigen Roman auftaten. Er wusste, dass diese Hindernisse nur in seinem

Kopf lebten, aber genau dieser selbe Kopf sollte doch die geniale Quelle für sein Schreiben sein!

Eines Tages wurde er so krank, dass er keine Kraft mehr hatte für den täglichen Kampf für seinen Lebenstraum. Es hatte sich tatsächlich wie ein erbarmungsloser Kampf angefühlt. Nie zuvor in seinem Leben hatte er derart kämpfen müssen.

Trotz größter Anstrengungen hatte er bisher immer das Gefühl gehabt, dass es ihm erstaunlich leicht fiel, die an ihn gestellten Aufgaben und Erwartungen seiner Mitmenschen zu erfüllen. Nun aber sah er sich seinen eigenen Erwartungen ausgesetzt. Er selbst hatte an sich den Wunsch gerichtet, ein Buch zu schreiben. Warum nur fiel ihm das so schwer? Hätte jemand anders ihn darum gebeten, hätte er Himmel und Hölle in Bewegung gesetzt, diesem anderen den Wunsch zu erfüllen. Damit dieser andere glücklich und ihm auf immer dankbar wäre. Er hätte alles getan. Für ein Lob. Für ein Danke.

Doch nun ging es um seinen eigenen Wunsch. Und alles schien viel, viel schwerer. Völlig entkräftet schob er schließlich den Kampf um den Roman beiseite. Er konnte nicht mehr. Das ganze Schreiben war eh sinnlos und lächerlich. Wer war er schon – ein großer Schriftsteller? Ein Bestsellerautor vielleicht? Lächerlich!

Resigniert ließ er sich fallen und versuchte zu akzeptieren, dass sein Lebenstraum zu groß für ihn war. Er konnte ihn nicht erfüllen. Irgendetwas fehlte ihm dazu. War es überhaupt sein größter Traum? Machte er sich nicht etwas vor und hatte sich diesen Traum einreden lassen von den Massenmedien, für die nur das Leben von Milliardären, Spitzenpolitikern, Spitzensportlern, Kinostars und Bestsellerautoren interessant genug war, um darüber zu berichten? Stimmte er dem nicht insgeheim zu? War er nicht auch der Meinung, dass ein Leben nur sinnvoll war, dass sich ein

Leben nur lohnte, wenn man zu diesem auserwählten Kreis von Menschen gehörte? Und daraus entstand doch ganz offensichtlich sein Wunsch, ein Bestsellerautor zu werden.

Und das war ebenso offensichtlich ein lächerlicher Gedanke: Er – ein Bestsellerautor!

Er hatte einfach in seinem bisherigen Leben zu viel Zeit vergeudet. Jetzt fehlte ihm die Zeit, um noch etwas Besonderes aus seinen Jahren hier zu machen. Er war einfach immer zu mittelmäßig gewesen. Und zu unauffällig. Er war ein Meister der Anpassung. Der Harmonie. Der Pflichterfüllung und des Nicht-Auffallens. Nun wollte er genau das Gegenteil davon erreichen. Er wollte berühmt werden. Aber wie? Er hatte einfach keine Ahnung von diesem anderen Leben. Aber er hatte auch keine Kraft und keine Lust mehr, dieses andere, neue Leben erst von Grund auf zu studieren und zu erforschen, bevor er es leben konnte. Er wollte dieses Leben sofort. Wollte nicht mehr warten. Wollte nicht erst studieren, um zu beweisen, dass er für dieses neue Leben geeignet war.

Er wollte seinen Traum sofort leben. Sofort!

Doch zurzeit war er krank und zu schwach, sein Leben zu ändern. Und so gab er sich seinem Selbstmitleid hin, folgte seiner Unlust und schrieb wochenlang kein einziges Wort.

Die Zeit plätscherte bedeutungslos dahin und seine Vision von einem neuen, bunten Leben verblasste immer mehr. Resignation kroch in jede Zelle seines Körpers, und zunehmend ekelte er sich vor sich selbst. Wieder einmal hatte er es nicht geschafft, sein Leben in die eigenen Hände zu nehmen, sein Leben zu verändern.

Immer mehr glaubte er daran, dass er einfach zu schwach und erbärmlich war, um ein aufregenderes und schöneres Leben zu haben. Er war anscheinend dazu bestimmt, ein langweiliges, angepasstes, abhängiges und beschränktes Leben zu führen.

Freiheit und Abenteuer schienen vorbehalten zu sein für die Auserwählten. Und zu denen zählte er offensichtlich nicht. Da konnte er mit dem Schicksal hadern oder nicht. Dieses Schicksal zu akzeptieren und sich dem Lauf der Dinge hinzugeben, wäre für ihn das richtige Rezept gewesen.

Doch er wollte nicht aufgeben. Noch nicht. Irgendetwas in ihm ließ ihn an seinem Traum festhalten. Irgendein Flämmchen der Hoffnung brannte in ihm. Und er wollte dieses zarte Flämmchen unbedingt am Leben erhalten.

Es gab Tage in dieser Zeit, an denen ihm sein Leben völlig entglitt. Er verlor das Vertrauen in sich und in die Welt. Er glaubte nicht mehr, dass die Welt ein guter Platz zum Leben sei. Allerdings konnte er sich auch keinen anderen Ort vorstellen. Viel grübelte er nach über eine alternative Lebensform, eine andere Art und Weise, wie er leben konnte, ohne ständig in eine tiefe Melancholie und Einsamkeit zu fallen. Oft an diesen Tagen der Verzweiflung fühlte er sich nicht mehr in der Lage, die Anstrengungen des Lebens zu meistern. Er rieb sich auf in dem Kampf zweier Kräfte in ihm: Die eine Kraft zog ihn zu Genuss, Lust, dem Fluss des Lebens und zum Vertrauen, dass das Leben schon für sich selbst sorgen werde und dass er sich nicht anstrengen müsse, um glücklich zu sein. Die andere Kraft trieb ihn zu mehr Leistung, zu Ehrgeiz und Pflichterfüllung; er müsse seine Zeit optimal nutzen, etwas aus seinem Leben machen, sichtbare Erfolge vorweisen.

Der ständige Widerstreit zwischen Genuss und Ehrgeiz – und für ihn waren diese beiden unzweifelhaft erbitterte Gegner –, dieser ständige Kampf kostete ihn viel Energie. Lebensenergie. Statt sich zu freuen über all das Schöne in seinem Leben, machte er sich ständig Gedanken über das Noch-Besser. Dieser Blick in die Zukunft lenkte ihn ab vom Hier und Jetzt, in dem er schon so viel Schönes hatte, in dem ihm – von Außen betrachtet – nichts fehlte. Doch tief in ihm sah es anders aus. Seine eigene Wirklichkeit war düster und hoffnungslos.

Aber Ananda, so hieß er, gab sich nicht zufrieden mit dem Kampf, der ihn so sehr anstrengte und auslaugte. Denn er spürte, dass beide Kräfte – Ehrgeiz und Genuss – zu ihm gehörten wie seine Arme und Beine. Sie waren Teil von ihm, und um nichts in der Welt hätte er dies verleugnen oder verdrängen können. Also machte er sich daran, die Ursache für den Kampf zu suchen. Waren Ehrgeiz und Genuss denn wirklich Feinde? Konnten sie nicht friedlich nebeneinander leben oder sich sogar gegenseitig unterstützen und Freunde werden? Was ließ ihn annehmen, dass Ehrgeiz und Genuss keine Gemeinsamkeiten, dass sie keinerlei Verbindung hätten?

Ananda akzeptierte nicht mehr, dass zwei Aspekte in ihm sich derart stritten, dass er darunter leiden musste. Daher setzte er alles daran, diesen Streit zu verstehen. Zunächst wollte er Ehrgeiz und Genuss und den Kampf zwischen den beiden genauer erforschen. Dazu half ihm eine Methode, die er zuerst in einem – auf den ersten Blick unscheinbaren – wundervollen Buch in einer alten, verstaubten Bibliothek gefunden hatte und später noch viel intensiver von Meistern dieser Methode lernte: die Erforschung des Unbewussten mit Hilfe des Körpers. Wobei der Forschende nicht nur seine bewussten Gedanken und Gefühle, sondern insbesondere die Symptome und Impulse seines Körpers befragte. Und seine Träume. Sein Körper und seine Träume ermöglichten ihm, in die unbekannten Tiefen seines Unbewussten hinabzusteigen, tiefer und tiefer. Bis auf den Grund seiner Tiefen, an dem sich seine Probleme in manchmal schöner, manchmal erschreckender Einfachheit offenbarten. Dort unten konnte er die wirkliche Bedeutung seiner Probleme finden, die Essenz. Doch dazu musste er wagemutig wie ein Abenteurer sein, der sich in unbekannte Welten vorwagt. Angst – so wusste er bereits – hielt ihn von wahrer Erkenntnis ab und ließ ihn an der Oberfläche seiner Probleme verharren.

Ananda wollte mutig sein und so begann er die Forschungsreise in sein Inneres.

Er setzte sich still und entspannt auf einen Stuhl, schloss die Augen und konzentrierte sich intensiv auf seinen Körper. Was spürte er, wenn er an Ehrgeiz dachte? Zunächst einmal stiegen Bilder vor seinem inneren Auge auf, Bilder von erfolgreichen Menschen, das Bild eines großen, edel eingerichteten Büros in einem großen Unternehmen. Offensichtlich gehörte dies dem Chef des Unternehmens, dem Vorstandsvorsitzenden oder Besitzer. Auch sah er eine verwöhnte, allerdings unglückliche Ehefrau sowie gut versorgte Kinder, denen es an nichts fehlte im Leben. Doch auch sie waren unglücklich und taten alles, um dieses Unglück nicht zu fühlen. Er sah einen von Ehrgeiz zerfressenen Magen, der immer größere Mengen alkoholischer Getränke und teurer Mahlzeiten ertragen und verdauen musste. Längst schaffte er dies nicht mehr allein und brauchte die Hilfe unterschiedlicher Arzneien, die seine Schleimhaut schützten, halfen, die Nahrung zu verarbeiten und schneller weiterzubefördern. Auch gab es eine ganze Armada von Mittelchen, die Schmerzen nicht zu spüren.

Noch während Anandas Magen die inneren Bilder mit Schmerzen und Unwohlsein begleitete, traten andere Bilder über den Ehrgeiz hervor: Geld, Luxus, tolle Reisen, teure und schöne Kleidung, schnelle Autos, Tophotels, ein dickes Bankkonto, dicke Bündel Bargeld, die jederzeit jeden Wunsch erfüllen konnten. Jeden käuflichen Wunsch, versteht sich. Doch der ganze Luxus blieb fade, denn er war begleitet von einem Gefühl der Oberflächlichkeit, der Einsamkeit. Er fühlte sich allein im Ehrgeiz, sowohl in den unerträglichen Magenschmerzen – Symptom des unermesslichen Stresses in seinem Beruf – als auch in dem überschwänglichen Luxus. Er sah sich allein in diesen Bildern. Er fühlte einen dumpfen Schmerz in seinem Bauch, begleitet von zunehmenden Schmerzen in seinem Nacken, und er wusste bereits, welches Gefühl sich dahinter verbarg: Trauer. Die Trauer, allein zu sein in dieser Welt. Die Trauer wegen der Bedeutungslosigkeit des Lebens, wenn man es allein erlebt, ohne die Nähe eines geliebten Menschen.

An dieser Stelle zwang sich Ananda zurückzukehren zu seiner Erforschung des Kampfes zwischen Ehrgeiz und Genuss. Den Ehrgeiz hatte er nun in einer ersten Forschungssitzung schon ein wenig erkundet. Nun war der Genuss an der Reihe.

Wieder schloss Ananda die Augen und machte es sich bequem auf seinem Stuhl. Und nun dachte er an Genuss und beobachtete, was mit ihm passierte. Noch immer spürte er die Magenschmerzen des Ehrgeizes und den dumpfen Druck der Trauer. Doch gleichzeitig atmete er auf und ein Lächeln zeichnete sich auf seinen Lippen ab. Seine Stimmung wurde deutlich besser, alles wirkte heller und freundlicher um ihn herum. Er fühlte sich sehr wohl in sich selbst, obwohl er neben dem schönen neuen Gefühl auch noch die Schmerzen wahrnahm. Doch die Schmerzen verblassten zunehmend und er konnte mehr und mehr eintauchen in das Wohlgefühl des Genusses. Nichts fehlte ihm. Er war glücklich, sich zu spüren, sich Aufmerksamkeit zu schenken und sich mit allen Sinnen um sich selbst zu kümmern. Es erinnerte ihn an das wohltuende Gefühl, das er in guten Yogastunden erlebte. Das einzigartige Gefühl, sich in sich selbst zu Hause zu fühlen. Ein Zustand, in dem alles vorhanden ist, was es braucht, um glücklich zu sein. Wo es kein störendes Außen gibt, keine Ablenkung und keinen Vergleich mit anderen Menschen, die vielleicht glücklicher scheinen, weil sie beruflich erfolgreicher sind oder mehr Geld besitzen und sich mehr Luxus leisten können. In diesem intimen Moment mit sich selbst fehlt nichts, alles ist schon da, nichts muss getan, gelassen oder gedacht werden. Das einfache So-Sein, das unmittelbare Leben. In dem man erkennt, dass allein die Erfahrung, wirklich am Leben zu sein, einen Körper zu haben und zu atmen, glücklich macht. Einatmen, ausatmen. Den Körper spüren. Wahrnehmen, dass der eigene Körper ein Wunder des Lebens ist, ein Wunder der Natur. Dass der Körper perfekt und schön ist. Dass das Atmen uns teilnehmen lässt am Leben. Dass wir nichts weiter tun müssen, um uns perfekt und schön und lebendig zu fühlen.

Auch aus dem Gefühl des Genusses stieg Ananda nun ganz bewusst aus und widmete sich der Frage, warum sich sein Ehrgeiz und sein Genuss so stark bekämpften und ob zwischen ihnen Versöhnung, Respekt und sogar Freundschaft möglich wären.

So dachte er, still sitzend und mit geschlossenen Augen, an den Kampf der beiden Widersacher. Und er beobachtete konzentriert und so genau wie möglich, wie sein Körper diesen Kampf zum Ausdruck brachte.

Tagelang hielt dieser Kampf an und er führte Ananda in die Tiefen seiner Seele. Was er dort vorfand, erinnerte ihn an die schlimmsten Phasen seines Lebens, als er nicht mehr wusste, ob er weiterleben wollte. Tief in ihm lauerte eine Melancholie, die ihm alle Lebensfreude nahm. Er hatte immer gehofft, dass er aus dieser traurigen Lähmung gerettet werde, dass ein starker Retter kommen und ihn unter seine Fittiche nehmen werde. Ein starker Beschützer und Begleiter, der Anandas Stärke, sein Potenzial und seinen Lebenstraum erkannte und ihn auf dem Weg zur Erfüllung seiner Träume unterstützte. Ein starker Begleiter, der sich für ihn interessierte, der ihn in schwierigen Zeiten beriet und durch Phasen der Trauer und des Kampfes hindurchführte.

Dieser Retter kam nie. Und Ananda war nun mehr denn je bewusst, dass nur er selbst sein Leben zum Besseren wenden konnte. Keiner konnte ihm diese Aufgabe und diese Verantwortung abnehmen. Er wusste, dass das gut so war. Denn sonst drohte ihm wieder die Gefahr, sein Leben an den Erwartungen der Außenwelt auszurichten. Alles zu tun, seinen Mitmenschen und selbst seinem Retter zu gefallen und von ihnen gelobt und gemocht zu werden.

Als Ananda wieder emporstieg aus der Welt seiner eigenen Tiefen und ihm die Welt um ihn herum wieder bewusst wurde, überkam ihn große Trauer. Er erkannte, dass er bis zu diesem Tage nur in kurzen Phasen seines Lebens überhaupt wirklich gelebt hatte, wirklich lebendig gewesen war. Und seine Lebenszeit war bereits halb abgelaufen – wenn er das Glück hatte, zumindest die normale Lebenserwartung zu erfüllen. So viele Jahre hatte er vergeudet und sein Glück ausschließlich an das Wohl seiner Mitmenschen geknüpft.

Er hatte das Gefühl, immer nur aus zweiter Hand gelebt zu haben. So, als ob er all die Jahre in einem Kino gesessen und dem Leben seiner Mitmenschen zugesehen hätte. Als ob er sich mal mit dem einen, mal mit dem anderen identifiziert und all die Gefühle und Gedanken, all das Glück und Leid seiner Mitmenschen gesehen und selbst gefühlt hätte. Nur seine eigenen Gedanken und Gefühle kannte er nicht – und er hätte sie auch nie besonders wichtig genommen. Wer war er denn schon, sich derart wichtig zu nehmen? Hatte man ihm nicht bereits in der Kindheit eingebläut: »Übe Demut! Freue dich leise über deine Erfolge, damit die anderen nicht neidisch auf dich werden!«

Er hatte diese Worte tief in sich aufgenommen und sie

waren sein Lebensmotto geworden. Er hatte dafür gesorgt, nicht viele Erfolge zu haben. Sehr viele Chancen und Möglichkeiten hatte er ausgeschlagen oder verstreichen lassen, um nicht in den Zwiespalt zwischen eigenem Erfolg und dem Neid seiner Mitmenschen zu kommen. Denn der Neid der anderen war für ihn gleichbedeutend mit Unglück. Und am Unglück anderer Menschen Schuld zu sein, konnte er nicht ertragen. Dieses Schuldgefühl hatte sich tief in ihm eingegraben und wirkte in seinem Unterbewusstsein mit bösartiger Macht. Diese Macht sorgte dafür, dass Ananda nie auffallend erfolgreich war. Genau darunter litt er heute. Denn heute wusste er nicht einmal, wozu er irgendein Talent hatte, wozu er Lust hatte und was er tun konnte, um glücklich zu sein und das Leben zu genießen.

Genug des Selbstmitleids! Ananda hatte es satt, zurückzublicken und den unglücklichen und schmerzlichen Erlebnissen seines Lebens die Schuld für seine jetzige Misere zu geben. Denn er wusste – ohne jeden Zweifel –, dass er in jeder Minute seines Lebens die Wahl hatte, sich auf den richtigen Weg – seinen Weg! – zu begeben. Wer konnte ihn daran hindern? Sein größter Gegner war er selbst!

Er selbst … Ananda wollte das besser verstehen: Wie konnte es sein, dass er sich selbst ständig wieder ins Unglück führte? In dem Moment, als er sich selbst diese Frage gerade gestellt hatte, gab ihm sein Körper auch schon die Antwort: Er hatte dem Schreiben zu wenig Aufmerksamkeit geschenkt! Denn das Schreiben hatte ihm doch schon jahrelang so viel Freude bereitet. Es hatte ihm unvergleichlichen Spaß gemacht. Er wurde richtig euphorisch dabei. Jedoch hatte er sich zu oft gefragt, was das Schreiben denn für einen Sinn habe, wozu es nützlich sei, warum er seine Zeit mit einer solch sinnlosen Tätigkeit verbringe.

Jetzt aber, in dem Moment, als sein Körper zu ihm sprach, erkannte Ananda, dass das Schreiben für ihn sehr wohl sinnvoll war. Es machte ihm nicht nur Spaß, während er schrieb, er freute sich sogar schon lange, bevor er zu schreiben begann. Beim Schreiben konnte er entspannen und eine glückliche Welt entstehen lassen. Es war völlig gleichgültig, ob er seine Schriftstücke jemals veröffentlichte und damit einen Beweis dafür lieferte, dass er ein richtiger Schriftsteller war. Sicher – eine Veröffentlichung würde den Sinn seiner Tätigkeit belegen. Und alle würden ihn dafür loben, wie sinnvoll er seine Zeit verbringe. Dass er, anders als so viele, Verantwortung nicht nur für sich, sondern für die ganze Menschheit, die ganze Welt übernehme, indem er mutig seine Gedanken zu Papier bringe und sie der Öffentlichkeit zur Verfügung stelle. Für ein besseres Leben auf diesem Planeten.

Nein! Niemandem gegenüber musste er diesen Beweis antreten. Nur sich selbst gegenüber war er Rechenschaft schuldig. Er selbst musste sich die Frage beantworten: Machst du das mit deinem Leben, was du dir immer erträumt hast, was dir gut tut, was dir selbst Freude bereitet? Wenn er sich diese Frage mit Ja beantworten konnte, dann war sein Tun sinnvoll! Sinnvoll für sein eigenes Leben. Denn genau dann hatte er einen Weg gefunden, sein Leben glücklich zu leben.

Und nun wollte er endlich genau das tun, was gut für ihn war: schreiben!

Natürlich liebte er den Gedanken, mit dem Schreiben genügend Geld zu verdienen, um keine andere Arbeit mehr ausüben zu müssen. Ein breites Grinsen zauberte sich auf sein Gesicht: Schöne Vorstellung, dass das Schreiben ihm Geld zum Leben und vielleicht sogar zu einigem Luxus bringen könnte. Denn dann könnte er sich voll und ganz dieser Tätigkeit widmen. Dann hätte er genügend Zeit für größere Buchprojekte, mehr Zeit für Recherchen – für Bücher, die der Welt noch fehlten. Noch!

Die Freude über diesen Traumzustand wich einem immer heftiger werdenden Rückenschmerz: Wer war er denn schon, vom Schreiben leben zu können? Etwa ein Bestsellerautor? Lächerlich!

Da war er wieder. Sein innerer Kritiker. Der ekelhafte Widersacher aus seinem Unterbewusstsein, der ihm ständig den greifbar nahen Erfolg streitig machte. Der ihn ständig in die Melancholie und Hoffnungslosigkeit zog, wenn er allzu farbenfrohe und wundervolle Träume hatte. Wie konnte er diesen ewigen Kritiker loswerden? Wie konnte er die enorme Kraft seines größten Widersachers umwandeln, so dass sie ihn unterstützte statt behinderte?

Ihn überwältigte diese Kraft. Er spürte in diesem Moment seine Unterlegenheit. Es fühlte sich an, als wäre er unschuldig vor ein Inquisitionsgericht berufen worden und wäre nun völlig machtlos dem Urteil des Großinquisitors ausgeliefert. Es ging um Leben und Tod. Alle Hoffnung auf ein schönes Leben, auf die Erfüllung seines Lebenstraums, verstummte. Immer lauter vernahm er das höhnische Lachen und die machtvolle Stimme des Inquisitors, der Ananda mit immer mehr Einzelheiten aus seinem Leben bloßstellte, ihn öffentlich demütigte, die schamvollsten Erlebnisse seines Lebens der schadenfrohen Öffentlichkeit preisgab und ihn auf diese Weise so lächerlich machte, dass er in diesem Moment am liebsten tot sein wollte, um die peinigende Scham nicht zu spüren. Nichts konnte Ananda der Machtfülle und dem vernichtenden Urteil des Großinquisitors entgegensetzen. Und er kannte das Urteil über sich bereits: Tod durch Erhängen!

Unglaublich! In ihm selbst wohnte sein eigener größter Feind! Und dieser hatte alle Eigenschaften eines Großinquisitors aus einem der dunkelsten Kapitel der Kirchengeschichte. Eines Inquisitors, der über das Leben und Sterben von Millionen von angeblichen Hexen und Hexern entschied. Der sich erhob, Gott zu spielen, und mit seiner Macht unmenschliche Gewalt ausübte, indem er Menschen zum Tode verurteilte. Menschen mit ungewöhnlichen Talenten und Lebensweisen, Menschen, die – zum überwiegenden Teil – Gutes taten für ihre Mitmenschen. Menschen, die den Mut hatten, anders zu sein, um die Welt zu verändern. Um das Leben lebenswerter und glücklicher zu machen. Die eine starke Verbindung zu den unsichtbaren Kräften der Menschen und der Natur hatten.

Spannend! Lebte in ihm also auch dieser Gegenpol zur zerstörerischen Macht des Inquisitors: die heilende Kraft von Hexen und Hexern? Hatte auch er eine Verbindung zum Unsichtbaren, zur anderen Seite, zu der bunten, reichen, abenteuerlichen Welt der Träume und der unbegrenzten Möglichkeiten?

Ja, ganz sicher! Er spürte tief in sich verborgen diese heilende Kraft. Und die Kraft nahm immer mehr zu. Er fühlte sich nun nicht mehr hilflos und war sich sicher, dass in ihm ein ebenbürtiger Gegner des Inquisitors wohnte. Wenn er sich diese zweite, heilende Kraft immer wieder ins Bewusstsein rief und sich von der Weisheit dieser Kraft leiten ließ, verlor der Inquisitor seine Macht – und Ananda konnte freier und besser als je zuvor in seinem Leben sein Potenzial entfalten.

Er fasste einen Entschluss: Mehr und mehr wollte er seine Hexenkraft erforschen. Er wollte sehen, was es mit dieser verborgenen Seite in ihm auf sich hatte, welche Welt sich ihm eröffnen würde. Und er hoffte, dort genügend Dinge zu entdecken, über die er seinen Roman schreiben konnte.

Doch wo sollte er seine Forschung beginnen? Er hatte keine Ahnung, wie er das Verborgene sichtbar machen sollte, wie er einen Zugang zur unsichtbaren Welt seiner Weisheit finden konnte. Er erinnerte sich an ein Buch über Träume, das er vor langer Zeit gelesen hatte. Dort hieß es, dass Träume ein Tor in die Welt des Unbewussten seien. Ganz plötzlich sah er deutlich ein Traumbild vor sich: Er befand sich in einer düsteren, hermetisch abgeriegelten Stadt, von einer dicken, unüberwindlichen Stadtmauer umgeben. In dieser Stadt lebte er bereits seit seiner Geburt. Und er hatte sie noch nie verlassen. Diese Stadt war Sinnbild seines Lebens, Sinnbild seines Bewusstseins.

Es war den Bewohnern nahezu unmöglich, die Stadt zu verlassen, denn die Stadtmauer war uneinnehmbar und die Tore waren von Soldaten perfekt gesichert. Die Soldaten wussten nicht, warum sie niemanden aus der Stadt heraus und in sie hinein lassen sollten. Selbst sie wussten nichts über die Welt außerhalb. Doch sie folgten dem Befehl, die Tore zu sichern, mit Hingabe und Überzeugung.

Manchmal allerdings öffneten die Soldaten die Tore der Stadt einen winzigen Spalt, wenn ein Fremder kam und um Einlass bat. Durch diesen Spalt musterten die Soldaten den Fremden und machten ihm klar, dass es für sie unmöglich war, ihm Einlass zu gewähren. Wenn der Fremde daraufhin enttäuscht nach dem Grund fragte, konnten ihm die Soldaten keinen nennen, nur eben, dass sie klare Anweisungen hätten. Dann wurde das Tor wieder geschlossen.

Einmal ergab es sich, dass Ananda zufällig an einem Tor vorbeikam, als es einen Spalt weit geöffnet war. Und er erhaschte einen Blick nach draußen, in die Welt außerhalb der Stadt. All ihre Bewohner, Ananda und die Wachsoldaten eingeschlossen, hatten große Angst vor der Welt dort draußen. Denn sie glaubten, was ihnen die mächtigen Männer der Stadt über diese Welt berichteten. Und das war Furcht erregend. Niemand wollte auch nur im Geringsten mit der Dunkelheit und Eintönigkeit, mit der Öde und Einsamkeit, mit dem Dreck und der Lebensfeindlichkeit der Welt außerhalb der Stadt in Berührung kommen. Schon dies hielt die meisten Stadtbewohner von den Toren fern.

Ananda jedoch hatte es stets in die Nähe der Tore gezogen. Er wusste nicht wieso, doch sehr oft führte es ihn bei seinen Spaziergängen, wie von Geisterhand gelenkt, an eines der Tore.

Nun also hatte er zum ersten Mal die Gelegenheit, durch den Spalt des geöffneten Tores die Welt jenseits der Stadtmauer zu sehen. Und was er erblickte, entsprach nicht im Entferntesten den Beschreibungen, die er bisher gehört hatte und an die er sein ganzes Leben, bis heute, ohne irgendeinen Anflug des Zweifels, geglaubt hatte.

Durch den Spalt sah er nun die buntesten und leuchtendsten Farben, die er je gesehen hatte. Hell und warm erstrahlte die Welt durch den Spalt und ließ ihn aufatmen, heiter werden, sie wärmte ihm das Herz. Er konnte nicht viele Einzelheiten erkennen, denn das Tor wurde schnell wieder geschlossen und die bösen Blicke der Soldaten durchbohrten ihn messerscharf, denn sie hatten bemerkt, dass Ananda wie angewurzelt in geringer Entfernung von ihnen stehen geblieben war und in Richtung des Tores blickte.

Was Ananda in diesem kurzen Augenblick jedoch bereits erblickt hatte, übertraf alles an Schönheit und Herzlichkeit, was er je gesehen und erfahren hatte. Das einzige, was er ganz genau erkennen konnte, war die wunderschöne Natur in der Welt außerhalb der Stadt. Er hatte üppige Bäume gesehen, bunte Wiesen und einen kristallklaren, glitzernden Bach, der sich einen Hügel hinunter schlängelte. Hören konnte er den Bach nicht, weil dieser zu weit von ihm entfernt war, doch er hatte den lebhaften Eindruck, das Gurgeln des sanft dahinfließenden Wassers zu hören und den Hauch des Windes zu spüren, der über den Bach und die Wiesen zu ihm herüberwehte und über sein Gesicht strich.

Ananda war ergriffen von diesem Moment. Er war überglücklich, diese seltene Chance genutzt und die wunderschöne Welt außerhalb der Stadt gesehen zu haben. Im selben Augenblick spürte er, wie ihm diese Erfahrung den Boden unter den Füßen entriss, wie sein Fundament wankte und einzustürzen drohte. Das Fundament, auf dem er sein Leben aufgebaut und gelebt hatte. Geschockt machte er sich bewusst: Es gab also eine Welt, in der es anders war als in dieser Stadt, eine Welt, in der Schönheit und Freude nicht nur abstrakte Worte und unerfüllbare Träume der Menschen waren. Träume, für deren Erfüllung sie alles taten. Für die sie tagtäglich morgens in aller Frühe aufstanden, in die Kirche gingen und um Erfüllung beteten und für die sie den Rest des Tages mit harter Arbeit verbrachten. Denn dieses disziplinierte Leben wäre der richtige Weg, um eines Tages Schönheit und Freude zu erfahren. So die Worte der mächtigen Herren der Stadt und der Kirche. Und so auch die Worte der Schriften, die in der Stadt zu bekommen waren.

Das Sehen der anderen Welt erschütterte Ananda so stark, dass er weder klar denken noch fühlen konnte. Was bedeutete das für sein Leben? Was hieß es, sein Leben auf einem falschen oder zumindest unvollständigen Weltbild aufgebaut zu haben? In Anandas Kopf schwirrten Tausende Gedanken durcheinander, doch er konnte keinen einzigen lange genug festhalten, um ihn zu entziffern. Er verlor jeden Bezug zu seinem bisherigen Leben, all seine Sicherheit löste sich in nichts auf. Ananda fühlte sich vollkommen leer. Alles in seinem Leben musste er nun in Frage stellen. Nichts empfand er noch als selbstverständlich und richtig und gut, denn er kannte diese Welt plötzlich nicht mehr, er hatte in seinem bisherigen Leben existentielle Aspekte dieser Welt ausgeblendet. Ihm war bis zu diesem Tage nur ein Teil der Welt bewusst gewesen. Und er mochte kaum darüber nachdenken, wie klein dieser ihm bekannte Teil war und wie groß die Welt, die er nicht kannte. Noch nicht.

Denn eines wusste Ananda ganz genau: Diese Erfahrung, dieser eine kurze Moment des Sehens und der Erkenntnis würde sein Leben für immer verändern. Was ihm allerdings großes Kopfzerbrechen bereitete, war die Frage, wie er noch mehr über diese andere Welt erfahren konnte. Gab es noch andere Stadtbewohner, die die andere Welt gesehen hatten? Oder war er allein? Gab es vielleicht sogar Menschen, die in der anderen Welt gelebt hatten und wieder in die Stadt zurückgekehrt waren? Oder die in der anderen Welt aufgewachsen und durch ihre eigene Wahl oder Wirrungen des Schicksals in dieser Stadt gelandet – oder besser: gestrandet – waren? Gab es Menschen, mit denen er sich austauschen konnte? Und wenn ja: Wie konnte er diese finden? Denn es war den Stadtbewohnern auf das Strengste verboten, über die Welt außerhalb der Stadt Spekulationen anzustellen oder Dinge zu behaupten, die den offiziellen Schriften und Auslegungen der Mächtigen widersprachen. Womöglich zu behaupten, man hätte die andere Welt gesehen und in ihr Schönheit und Freude entdeckt, war Beweis genug, um für verrückt erklärt zu werden. Und Verrückte wurden weggesperrt. Sie wurden aus dem öffentlichen Leben entfernt und es ward niemals wieder etwas von ihnen gehört. Es gab sogar Gerüchte, dass Verrückte von einem geheimen Gericht zum Tode verurteilt und von einem mächtigen Henker getötet wurden. Um auch wirklich sicherzustellen, dass sie den übrigen Stadtbewohnern kein einziges verrücktes Wort mehr über die Welt außerhalb der Stadt berichten konnten.

Die folgenden Tage verbrachte Ananda wie in Trance. Er stand zwar wie gewohnt früh auf, ging zur Frühmesse in die Kirche, wie alle anderen Stadtbewohner auch, und arbeitete nach der Messe bis in die späten Abendstunden hart, aber völlig unkonzentriert und längst nicht mehr so motiviert wie zuvor. Nachdem er durch den Torspalt die andere Welt gesehen hatte, gelang es ihm nun nicht mehr, seinen Alltag als Vorbereitung auf ein kommendes Glück zu verstehen und sich den Regeln der Mächtigen zu unterwerfen. Gleichzeitig aber musste er unauffällig bleiben und durfte keiner Menschenseele erzählen, was er gesehen hatte. Denn sonst drohten ihm Verfolgung, Demütigung und – der Tod.

Und doch konnte er nicht mehr verdrängen, was er gesehen hatte. Es war, als hätte ihm jemand die Augen geöffnet und er könnte nun alles klar sehen, was er bisher zwar leise gespürt und geahnt, aber nicht wirklich gewusst hatte. Das Leben in der Stadt, so erkannte er jetzt, beruhte auf falschen Voraussetzungen, ihm lag ein unvollständiges Weltbild zugrunde. Damit fiel das gesamte Glaubenssystem der Stadt wie ein Kartenhaus zusammen. Denn die Wirklichkeit, die Ananda in der anderen Welt gesehen hatte, war für die Stadtbewohner das nicht existierende Paradies, das sich ihnen erst nach einem gerechten, demütigen und disziplinierten Leben – und nach ihrem Tode! – öffnen sollte.

So gut es ging, folgte Ananda seinen Gewohnheiten, um unter keinen Umständen aufzufallen. Doch etwas Neues war in sein Leben gekommen: sein Erkennen. Er wollte unbedingt Gleichgesinnte finden, mit denen er sich über die andere Welt austauschen konnte, um zu ergründen, was ihre Erkenntnisse für ihr eigenes Leben und das aller Stadtbewohner bedeuteten.

Auf der Suche nach Seinesgleichen hielt er tagtäglich und überall Ausschau nach Hinweisen, wie er diese finden konnte. Was er in Gesprächen seiner Mitmenschen hörte und in den Schriften der Stadt las, erforschte er nun auf Informationen über diejenigen, die die andere Welt gesehen hatten, und auf Einzelheiten, was genau diese erblickt hatten.

Eine reichhaltige Quelle für seine Suche, so dachte er bitter, seien Berichte über Prozesse gegen Verbrecher und

Verrückte. Unmöglich war es für ihn allerdings, die offiziellen Gerichtsakten einzusehen, denn mit der Justiz wollte Ananda nicht das Geringste zu tun haben. Auch hielt er es für viel zu gefährlich, in der allen zugänglichen Bibliothek nach Informationen über Gerichtsverfahren zu fragen, denn das würde sehr sicher Misstrauen auslösen und zu Nachforschungen gegen ihn führen.

Also beschränkte er sich zunächst auf die einzige Tageszeitung, die offiziell zugelassen und natürlich zensiert war, und auf Bücher, die zwar ebenfalls alle von den Stadtobersten zensiert waren, aber doch hier und da interessante Informationen enthielten. Er war sich sicher, dass diejenigen, die die andere Welt gesehen hatten – er nannte sie nun für sich selbst »Seher« –, kreative Wege gefunden hatten, trotz der Zensur Botschaften auszutauschen.

Wie zu erwarten, hatte Ananda das Problem, dass über die meisten Gerichtsverfahren nie etwas bekannt wurde, denn sie wurden still und unbemerkt im Geheimen durchgeführt. In diesen Fällen gab es bestenfalls Gerüchte, dass sie überhaupt stattgefunden hatten, und Ananda musste aus diesen Gerüchten die für ihn interessanten Informationen gewinnen.

Einige Prozesse jedoch fanden ganz öffentlich statt und über diese wurde in der Tageszeitung ausführlich berichtet. Das hatte mehrere Gründe: Zum einen gab es immer wieder bekannte oder sogar berühmte Stadtbewohner, die als Verbrecher angeklagt oder für verrückt erklärt wurden. Dann konnten die Richter und die Stadtobersten den Prozess nicht verheimlichen, denn dies hätte zu großen Unruhen in der Bevölkerung führen können. Manchmal wurde sogar ein Stadtoberster Opfer der Justiz. Dann wurde das Gerichtsverfahren in einen öffentlichen, gnadenlosen Schauprozess verwandelt und auch die nachfolgende Hinrichtung fand öffentlich statt.

Erstaunlicherweise fand Ananda sehr viele offizielle Berichte über die öffentlichen Gerichtsverfahren und er hörte noch viel, viel mehr Gerüchte über die Geheimprozesse. Es war, als gehörten die Prozesse zu den wichtigsten Themen eines jeden Tages und eines jeden Stadtbewohners. Warum war Ananda das vorher nie aufgefallen? Anscheinend war er selbst – bevor er zum Seher wurde – so gefangen in der Illusion der Stadtbewohner, dass er wichtige Informationen nicht bewusst wahrnahm. Erst jetzt, als er endlich der Wahrheit mit offenen Augen begegnete, konnte er die verdrängten Aspekte der Welt erkennen. Und er war glücklich darüber, denn vor ihm öffnete sich eine unermessliche Quelle an Fakten, die er für seine Suche nach den anderen Sehern nutzen konnte.

In einigen Momenten überwältigte ihn die Existenz der anderen Welt und er kam sich gefangen vor in der beängstigenden Enge und Isolation der Stadt. Ihm wurde zunehmend bewusst, wie hilflos er war und wie wenig Chancen er hatte, die Stadt je verlassen und die Welt außerhalb der Stadt erforschen zu können. Das aber war sein größter Wunsch: die andere Welt zu erforschen! Das stand in dem Moment fest, als er ihre Schönheit durch den Spalt im Stadttor erkannt hatte.

Oft, wenn Ananda sich hilflos und überwältigt fühlte, wünschte er sich, die andere Welt nie gesehen zu haben. Denn im Nichtwissen und Nichtsehen lag – neben aller Beschränkung – auch ein Schutz. Der Schutz vor der Resignation. Resignation, wenn wir erkennen, dass Schönheit und Glück in unserem Leben bereits existieren, dass die Erfüllung unserer Lebensträume vor unseren Türen und Toren zum Greifen nah ist, dass wir aber aus unserer Isolation nicht herauskommen, weil andere Menschen dies verhindern. Menschen, die mächtiger und einflussreicher sind als wir selbst.

Der Wunsch, sein Sehen ungeschehen zu machen, half Ananda nicht weiter. Er konnte den bisherigen Lauf seines Lebens nicht ändern. Er konnte nur noch mit all seiner Stärke und seinem verbliebenen Lebensmut in die Zukunft schauen und alles daran setzen, für sein Leben selbst die Verantwortung zu übernehmen und seinen Lebenstraum in die Tat umzusetzen.

Die ersten Schritte dazu hatte er bereits begonnen, indem er alle ihm verfügbaren Informationen sammelte und erforschte, ohne den Verdacht zu erregen, ein Verbrecher oder ein Verrückter zu sein.

Bei der Suche nach Hinweisen auf die anderen Seher stieß Ananda sehr bald auf eine Legende, die seit Jahrhunderten in der Stadtbevölkerung von Generation zu Generation weitergegeben wurde. Kern dieser Legende war die Existenz einer starken Macht – der Nomilen –, die stets im Geheimen blieb, den Herrschern der Stadt jedoch beständig ein Dorn im Auge war. Die Herrscher hatten Angst, dass die Nomilen eines Tages noch stärker würden und ihnen die Macht über die Stadt, ihre Reichtümer und ihre gutgläubigen und fleißigen Bewohner entrissen.

Der Legende nach gab es zu jeder Zeit sieben lebende Nomilen in der Stadt. Die Nomilen trafen sich an geheimen Orten, pflegten ein geheimes Wissen und bewahrten es vor dem Vergessen. Dieses geheime Wissen, so die Legende, würde ihnen zu einer gegebenen Zeit helfen, das Leben aller Menschen entscheidend zu verbessern. Die gegebene Zeit war gekommen, wenn in der Stadt nur noch sechs Nomilen lebten und ein siebter Nomile mit besonderen Fähigkeiten unerwartet auftauchte. Dieser besondere siebte Nomile wurde, laut Legende, »Toro« genannt. Nach Ankunft des Toro würde die Macht der dann wieder sieben Nomilen so stark werden, dass sie die Herrscher der Stadt absetzen und den Stadtbewohnern ihre Freiheit zurückgeben könnten.

Nach der Befreiung würden dann die Menschen endlich die Chance haben, sich ihre Lebensträume zu erfüllen.

Diese Legende hielt sich in nahezu unveränderter Form seit langer, langer Zeit unter den Menschen in der Stadt. Natürlich taten die Herrscher alles, um die Legende auszulöschen oder zumindest so zu verändern, dass sie ihren Zwecken diente. Jedoch zeigte sich in diesem Fall, dass die Hoffnung auf Befreiung aus einer scheinbar hoffnungslosen Lage in der Bevölkerung stärker war als die Angst vor der Strafe, die jedem drohte, der die Legende erzählte. Und so hielt sie sich hartnäckig und jeder Stadtbewohner wusste: Die Erretter aus der Not würden zweifelsohne die Nomilen sein – mit dem Toro an ihrer Spitze.

Als Ananda diese Legende zum ersten Mal hörte, war er vier Jahre alt und fand sie schauerlich und schön zugleich. Es war sein Großvater, der sie ihm erzählte, und Ananda würde nie vergessen, wie forschend und herzlich er den Jungen dabei angesehen hatte. Im Laufe seines Lebens hatte Ananda die Legende bereits Hunderte Male gehört. Doch nun erschien sie ihm in einem neuen Licht: Bestand ein Zusammenhang zwischen den Nomilen und den von ihm so genannten Sehern? War das geheime Wissen der Nomilen das Wissen über die andere Welt, die Welt außerhalb der Stadt? Wie konnte er feststellen, ob die Nomilen wirklich existierten, auch heute noch? Und wie konnte er die Nomilen finden, um zu erfahren, ob die Nomilen seine Seher waren oder ob sie Hinweise besaßen, wo er die Seher finden könnte?

Ananda hatte wieder einmal keine Ahnung, wo er die Suche beginnen sollte. So legte er sich erschöpft schlafen und hoffte, dass ihm seine Träume die nächsten Schritte seiner Suche zeigen würden.

Die Nacht blieb traumlos. Jedenfalls konnte sich Ananda an keinen Traum erinnern. Nach dem Erwachen allerdings gingen ihm die Stadttore durch den Kopf und die Soldaten, die die Tore bewachten. Es gab insgesamt drei Tore, eines nach Osten ausgerichtet, eines nach Süden und eines nach Westen. Jedes Tor wurde von zwei Soldaten bewacht, die sich mit der Bewachung abwechselten, meist jedoch gemeinsam Wache hielten. Wenn ein Soldat nicht wachte, ruhte er sich in der Soldatenunterkunft aus, die sich im dicken Gemäuer jedes Tores befand. Anandas Gedanken kreisten um die Tore und die Soldaten: drei Tore, zwei Soldaten pro Tor – insgesamt also sechs Soldaten. Es gab somit nur sechs Soldaten. Sechs Soldaten!

Ananda kam die Legende über die Nomilen wieder ins Bewusstsein: Sechs lebende Nomilen, die auf die Ankunft des großen siebten Nomilen, des Toro, warteten. Um unter seiner Anführung die Stadt von ihren grausamen Herrschern zu befreien. Ananda konnte seine plötzliche Eingebung kaum fassen: War es so einfach? Sechs Soldaten, sechs lebende Nomilen? Und dann der Name des siebten, des großen Nomilen: Toro. War die Verwandtschaft der Wörter »Tor« und »Toro« ein Zufall? Oder gab es einen Zusammenhang zwischen den Toren zur anderen Welt und dem Toro, zwischen den Bewachern der Tore und den Nomilen?

So musste es sein: Die Soldaten waren die Nomilen! Und die Soldaten gehörten sicherlich auch zu den Sehern, die Ananda suchte, denn kein anderer Stadtbewohner hatte so gute Gelegenheiten, die andere Welt zu sehen und zu erforschen, wie die Bewacher der Tore zu dieser anderen Welt!

Ananda jubelte innerlich über seine fantastische Eingebung – und zweifelte gleichzeitig, ob seine Suche nach den Nomilen eine so einfache und offensichtliche Lösung haben konnte. Wenn er Recht hatte, warum hatte niemand vor ihm die Nomilen gefunden? Vielleicht war diese Lösung so einfach, dass einfach niemand an sie glaubte. Denn wie konnten die mächtigen Nomilen, die unbedingt geheim bleiben wollten und mussten, riskieren, auf so einfache Art und Weise entdeckt zu werden? Doch manchmal, dachte Ananda, erkannte der Mensch das Offensichtliche nicht, selbst wenn er es direkt vor Augen hatte. Dann erschien das Offensichtliche zu banal, um richtig zu sein. Und das Bewusstsein schien solch banale Dinge offensichtlich sehr gern und sehr oft zu verdrängen.

Mancher wird sich fragen, warum sich zum Beispiel keiner der Bewohner je Gedanken darüber machte, warum die Stadt so hohe Mauern hatte. Alle glaubten, dass diese zum Schutz gegen die feindliche Welt außerhalb der Stadt errichtet worden waren. Niemandem kam anscheinend in den Sinn, dass die Stadtmauern die Einwohner daran hindern sollten, die Stadt zu verlassen, um in der anderen Welt zu leben. In einer Welt, in der das Leben möglicherweise sehr viel schöner war als innerhalb der Stadt. Eine Welt, in der man vielleicht länger ausschlafen konnte, weniger beten musste und entspannter arbeiten durfte. Nach offizieller Meinung aber war die Stadt eine wundervolle, einzigartige Oase inmitten einer ansonsten lebensfeindlichen Welt.

Neben der Suche nach den Nomilen beschäftigte Ananda noch etwas anderes: Wie war das Leben in der anderen Welt? Da er nicht viele brauchbare Hinweise finden konnte, malte er sich dieses Leben vor seinem inneren Auge in allen Einzelheiten aus. Er ließ alle seine Träume von einem glücklichen Leben in dieses Bild einfließen. Und so glitt er regelmäßig in einen traumähnlichen Zustand, in dem sich die andere Welt in all ihrer Pracht entfaltete. In einem seiner Träume gab er der anderen Welt einen Namen und von da an nannte er sie »Alambrien«.

Das Leben in Alambrien war unkompliziert und richtete sich nach den Bedürfnissen und Abläufen der Natur – nicht nur der Natur des Menschen, sondern der Natur aller Dinge, sowohl der belebten als auch der unbelebten. Die Natur war den Bewohnern von Alambrien als Quelle des Lebens heilig und sie behandelten sie mit höchstem Respekt. Dieser Respekt äußerte sich auf vielfältige Weise. Zum Beispiel darin, dass die Menschen alle Vegetarier waren. Denn es erschien ihnen als großer Missbrauch der Natur, Tiere für ihre eigenen Zwecke zu töten, obwohl sie alle notwendigen Nährstoffe aus pflanzlicher Nahrung gewinnen konnten.

Auch die Energiegewinnung lief im Einklang mit der Natur: Die Menschen nutzten einfach die Naturkräfte, die – ohne menschliches Zutun und ohne Eingriff in die Natur – in Hülle und Fülle vorhanden waren: Sonnenenergie und Wasserkraft. Zur Nutzung der Sonnenenergie hatten Alambriens Forscher das Wesentliche bei der Natur abgeguckt und die Prinzipien der Photosynthese der Pflanzen kopiert. Es waren auch einige Erfinder auf die Idee gekommen, Solarzellen zu nutzen, wie sie in der Stadt verwendet wurden. Allerdings war die Herstellung von Solarzellen ein Energie fressender Prozess, und es mussten dazu Materialien erzeugt und benutzt werden, die nicht biologisch abbaubar waren und somit langfristig der Natur schadeten. Lösungen allerdings, die in irgendeiner Art und Weise der Natur schadeten, wurden von der Mehrheit der Bewohner Alambriens abgelehnt und hatten damit keine Überlebenschance.

Es gab aber ein Problem: Nicht immer lieferte die Natur genügend überschüssige Energie, die die Menschen nutzen konnten. Dies akzeptierten diese jedoch als normalen Aspekt des Lebens und passten ihre Lebensweise auf diesen natürlichen Prozess von Energieüberschuss und Energiemangel an. Nie hätten sie sich gegen die Natur aufgelehnt oder diese ausgebeutet, nur um ein etwas komfortableres Leben zu haben.

Zwar meldeten sich immer wieder Menschen zu Wort, die Maßnahmen für mehr Lebensqualität vorschlugen – beispielsweise den Bau von Kraftwerken, die Brennstoffe wie Holz, Kohle, Öl oder Gas nutzten, um gleichbleibend viel Strom, Wärme und chemische Produkte zu liefern. Doch diese Vorschläge wurden wiederum stets von der Mehrheit der Menschen aus tiefster Überzeugung abgelehnt. Denn allen war klar, dass die Vernichtung von natürlichen Rohstoffen die Natur auf Dauer veränderte und zerstörte – und somit das Leben aller Lebewesen, einschließlich des Menschen, immer schwieriger machen und letztendlich auslöschen würde. Aus diesem Grunde hatten nur Erfindungen und Vorschläge eine Chance, die umweltfreundlich waren, sich an den natürlichen Prozessen orientierten und weder der belebten noch der unbelebten Natur schadeten.

Ananda träumte auch von der schönen Lebensweise der Menschen – jedes einzelnen Menschen für sich selbst sowie in der Gemeinschaft mit anderen. Der natürlichste, ursprünglichste Zustand jedes Einzelnen erschien ihm in seinen Träumen als die schönste, friedvollste und glücklichste Lebensweise. Ausgangspunkt und Ziel dieser Art zu leben war der Körper. Der Körper gab dem Menschen die Grundlage, in dieser Welt zu sein, schenkte ihm die Sinne, um die Dinge und Geschehnisse der Welt wahrzunehmen, stellte ihm Muskeln, Arme und Beine zur Verfügung, um sich fortzubewegen, seinen Wirkungskreis zu vergrößern und die Natur in ihrer Vielfalt an vielen Orten der Welt zu erforschen. Der Körper gab dem Menschen Füße und Hände, um fest auf dem Boden zu stehen und mit der Welt verbunden zu sein – und mit anderen Menschen, anderen Lebewesen und mit den unbelebten Dingen der Natur Kontakt aufzunehmen.

Darüber hinaus hatte die Natur dem Menschen noch einige besondere Geschenke gemacht: das Bewusstsein über sich selbst und über die Natur – und die Sprache, damit er sich mit anderen austauschen und seine Erkenntnisse über die Welt und das Leben festhalten, verbreiten und für die Nachwelt erhalten konnte.

Jeder Mensch in Alambrien lebte in einem ursprünglichen und natürlichen Zustand. Und fühlte sich dadurch sehr, sehr glücklich. Die Alambrier kannten eine Glücksformel: Sie mussten lediglich dafür sorgen, dass sich ihr Körper gut fühlte, entspannt war und genügend Kraft hatte, sich zu bewegen und die Welt zu erkunden. Und anderen Menschen nah zu sein. Denn jeder Alambrier hatte natürlicherweise auch das Bedürfnis nach anderen Menschen, damit er nicht das Gefühl bekam, fremd und einsam in dieser Welt zu sein. Wenn er nämlich ganz allein war und keinen einzigen anderen Menschen sah, hörte oder spürte, konnte der Mensch auf die Idee kommen, nicht von dieser Welt zu sein, nicht zu ihr zu gehören. Er konnte dann nicht wissen, woher er gekommen war und wohin er gehörte. Alleinsein war für die Menschen in Alambrien nicht natürlich. Daher waren ihnen die Familie und die Gemeinschaft mit anderen Menschen sehr wichtig und wertvoll.

Für den kleinen, neugeborenen, allein noch hilflosen Menschen waren die Eltern die wichtigsten anderen Menschen. Schon die Kleinsten wussten jedoch, dass sie vollständige, gleichwertige und wichtige Menschen waren. Nichts fehlte ihnen. Sie waren göttliche kleine Wesen – die allerdings noch den Schutz und die Unterstützung der größeren Menschen, vor allem der Eltern, brauchten, um große Menschen zu werden.

Je größer der Mensch wurde, desto unabhängiger wurde er vom Schutz und der Unterstützung der Eltern. Er brauchte nun Menschen, mit denen er sich austauschen konnte über seine Gefühle, Gedanken und Erkenntnisse und mit denen er zusammen die Welt erkunden konnte. Hatte der Mensch Geschwister, so boten diese sich als erste und beste an, um sich gegenseitig zu helfen, einander zu begleiten und sich gemeinsam zu entwickeln. Hatte der Mensch keine Geschwister, so suchte und fand er genügend Freunde und Freundinnen in der Nachbarschaft.

Je mehr der Mensch seinen Wirkungskreis erweiterte, knüpfte er auch Kontakte zu Menschen in mehr oder weniger weiter Entfernung von seinem Geburtsort. Sein Geburtsort, seine Eltern und Geschwister und die Menschen seiner unmittelbaren Nachbarschaft behielten aber stets eine große Bedeutung für jeden Menschen, und er trug diese ein Leben lang mit großem Respekt in seinem Herzen.

Mit der Zeit wurde der Mensch noch größer und entdeckte in sich die tiefe Sehnsucht nach einem passenden Menschen an seiner Seite. Einem Menschen, dem er so oft er wollte ganz nah sein konnte, mit dem er überallhin gemeinsam ging, mit dem er seine tiefsten Erfahrungen und Empfindungen austauschte, bei dem er stark und schwach, glücklich und unglücklich, weise und kindisch, ernst und verspielt sein konnte. Ein Mensch, bei dem er sich nicht anpassen musste, sondern genau so sein konnte, wie er wollte und wie es ihm gut tat. Hatte der Mensch diesen einen Menschen gefunden, wollte er sich nie mehr in seinem Leben von ihm trennen, wollte mit ihm jeden Moment seines Lebens genießen, mit ihm zusammen alt werden und sich nie mehr vorstellen, wie das Leben ohne den anderen aussehen würde.

Ananda begann, sich immer mehr in diese andere Welt hineinzuversetzen. In immer bunteren Farben erstrahlten die Bilder von Alambrien vor seinem inneren Auge. Immer deutlicher fühlte er sich entspannt und in Harmonie mit sich selbst und mit dem Leben, wenn er an Alambrien dachte. Oft saß er lächelnd zu Hause am Küchentisch, die Augen geschlossen, und träumte sich nach Alambrien, in die andere Welt, die Welt vor den Toren der Stadt …

Doch Ananda hatte auch noch sein normales Leben, das Leben in der Realität der Stadt. Er musste früh aufstehen, beten und viel arbeiten. Erst jetzt fiel ihm auf, wie viel Zeit er mit dem Alltag verbrachte, der ihm weitgehend von anderen Menschen, den Mächtigen der Stadt, vorgegeben wurde. Er hatte sich nie gefragt, ob ihm dieses Leben gefiel. Diese Frage stellte sich erst gar nicht, denn es gab keine Alternative zu diesem fremdbestimmten Sein.

Nun aber, da er ein anderes Leben, die andere Welt, gesehen hatte, konnte er nur noch schwer ertragen, so viel Zeit mit den täglichen Pflichten zu verbringen. Schmerzlich wurde ihm nun bewusst, wie wenig Zeit er für sich selbst hatte. Vor seinem Sehen erfüllte das sicherlich einen guten Zweck: nicht auf dumme Gedanken zu kommen. Und nicht zu viel Zeit zu haben, nach dem Sinn des Lebens zu fragen.

Jetzt aber wollte er so viel Zeit wie möglich mit Alambrien verbringen, mit der Suche nach den Nomilen und mit dem Träumen, wie das Leben in Alambrien wohl aussehen könnte. Besonders das Träumen gefiel ihm sehr. Schmerzlich wurde ihm bewusst, wie wenig Zeit ihm dafür übrig blieb. Je stärker Ananda diesen Schmerz wahrnahm, desto intensiver suchte er nach kreativen Lösungen, wie er das Träumen in seinen Alltag einbinden konnte. Und mehr und mehr schaffte er es, sich nach dem Aufwachen in den frühen Morgenstunden an die Träume der Nacht zu erinnern, während der Frühmesse weiterzuträumen und auch während der langen Arbeitsstunden. Allmählich wurde dadurch sein Alltag für ihn wieder erträglicher und manchmal schien es ihm, als sei der Alltag nur noch ein schlechter Traum, der ihn ständig begleitete, und das Träumen sein wahres Leben.

In diesem Traumzustand konnte es Ananda leicht passieren, dass er zunächst nicht mehr wusste, ob er träumte oder wachte, wenn er zum Beispiel während der Arbeit von einem Kollegen angesprochen wurde. Ananda musste sich in diesen Momenten sehr stark konzentrieren und sich selbst ordnen, um Traum und Realität zu entwirren, damit er dann in der Realität »normal« reagieren konnte. Oft wurde ihm gesagt, er wäre abwesend und irgendwie komisch, und es tauchten erste Gerüchte über ihn auf, es wurde über ihn getuschelt und sich lustig gemacht. Das alles ertrug Ananda ohne große Sorge. Gefährlicher wurde es für ihn, als ein Kollege seinem Chef gegenüber die Vermutung äußerte, Ananda zeige Anzeichen dafür, verrückt zu werden. Irgendetwas stimme nicht mit ihm. Das habe er schon lange vermutet, doch nun seien die Anzeichen dafür immer eindeutiger. Dieser Kollege schlug sogar vor, den Mächtigen der Stadt von Ananda zu erzählen und ihnen eine Untersuchung vorzuschlagen.

Glücklicherweise konnte Anandas Chef diesen Kollegen nicht ausstehen, erteilte ihm einen saftigen Verweis, versetzte ihn an eine andere Arbeitsstelle und sagte Ananda, dass er natürlich überhaupt nicht daran denke, ihn für verrückt zu halten oder irgendeines anderen Verbrechens zu verdächtigen. Damit war diese Gefahr gebannt. Doch Ananda steckte der versuchte Verrat tief in den Knochen und es dauerte Wochen, bis er seinen Kollegen wieder ein wenig vertrauen konnte. Und bevor er sich wieder traute, während der Arbeit zu träumen.

Das Träumen während des Tages erleichterte Ananda den Alltag sehr, aber nur in seiner freien Zeit konnte er wirklich tief eintauchen in die andere Welt. Nur in der Tiefe seiner Versenkung stieß er auf den Grund des Ozeans seiner Träume. Dort konnte er immer besser erkennen, wie alle Dinge zusammenhingen. Wie sein Leben in der Stadt, seine Suche nach den Nomilen, sein Träumen und das Leben in Alambrien, wie alles auf dem gleichen Fundament aufgebaut war und denselben natürlichen Lebensprozessen folgte. Dort unten, auf dem Grund des Traumozeans, fühlte sich Ananda eins mit der Welt. Dort unten fühlte er sich angekommen, fühlte er weder den Schmerz des Alltags noch die Sehnsucht nach der anderen Welt. Dort unten war alles verbunden und nicht mehr getrennt. Er konnte erkennen, wie alles, was er jemals erlebt hatte, hier unten verwoben war und nicht getrennt werden konnte. Und auch nicht getrennt werden wollte, denn es gab hier keine Widersprüche zwischen dem Alltagsleben in der Stadt und seinen Träumen. Die Stadt und die andere Welt, Alambrien, waren hier unten verflochten, und standen, fest verankert, auf demselben Fundament – als zwei unterschiedliche Erscheinungsformen desselben Gebäudes.

Nicht immer gelang es Ananda, sich tief genug in die Träume zu versenken, um den Meeresgrund, den Grund seiner Träume, zu erreichen. Die Ursache lag meist darin, dass er zu sehr mit dem Alltag, mit der Stadt und mit seinen Mitmenschen haderte, sich selbst zu oft als Opfer der äußeren Zustände sah, sich über das Stadtleben beschwerte, sich über die Oberflächlichkeit und Naivität seiner Mitmenschen beschwerte und, ganz allgemein, der lebensfeindlichen Realität zu viel Aufmerksamkeit schenkte. Er wusste genau, dass ihm das Träumen viel mehr Freude und Entspannung bereitete und dass im Träumen sein Weg lag, den er gehen wollte. Aber nicht immer war er konsequent genug, seinem Weg zu folgen. Wieder und wieder fiel er zurück in seine alten Angewohnheiten und ließ sich vom Stadtleben, im wahrsten Sinne des Wortes, fesseln. Statt diese Fesseln beim Träumen zu lösen, gab er sich resigniert dem Gefesselt-Sein hin und ärgerte sich über die Mächtigen der Stadt und über seine eigene Hilflosigkeit.

Eines Morgens wachte Ananda nach einer unruhigen Nacht auf und fühlte sich grauenhaft. Sein gesamter Körper war steif, sein Rücken schmerzte und die Muskeln vom Steißbein bis zum Nacken hatten sich aufs Äußerste verspannt und verhinderten, dass Ananda sich schmerzfrei aufrichten konnte. Vom Schmerz betäubt, fragte er sich: Was war passiert? Was hatte er geträumt? War er verletzt? Oder hatte er sich einfach nur am Vortag bei der Arbeit den Rücken verhoben? Oder war eine Grippe im Anflug?

Ananda hatte schon vor langer Zeit damit aufgehört, seine Gesundheit in die Hände von Ärzten zu legen. Er wusste, dass sein Körper ihm mit seinen Symptomen wichtige Botschaften mitteilte. Er bemühte sich sehr, diese Botschaften zu entschlüsseln. Doch, wie beim Träumen, gelang ihm das Lesen der Botschaften mal besser, mal schlechter, manchmal gar nicht.

Die Verspannungen und Schmerzen enthielten sehr, sehr wichtige Botschaften für ihn. Das spürte er genau. Leider hatte Ananda bisher vergeblich versucht, sie zu verstehen. Seit Jahrzehnten begleiteten ihn diese Symptome wie unliebsame Freunde, die er einfach nicht loswerden konnte.

Aber nun schien sich etwas in seinem Leben verändert zu haben: Ananda hatte Alambrien gesehen und er hatte die Macht der Träume entdeckt und inzwischen schon mehrere Male am Grund der Träume wichtige Lebensweisheiten gefunden. Nun erinnerte sich Ananda auch an ein Gleichnis, das ihm eine Bekannte vor Monaten erzählt hatte und das er damals noch als abstraktes Märchen abgetan und schnell wieder vergessen hatte. Sie hatte geschildert, wie unsere Körpersymptome und unsere Träume wundervolle Einstiegspunkte in den unbewussten Teil der Realität seien. Wenn wir den Symptomen und Träumen folgten, kämen wir schließlich am Ende des Weges an eine Quelle, in der wir tiefe Weisheiten über unser Leben finden. Sie erklärte, dass wir auf dem Weg zur Quelle viele Hindernisse zu überwinden, schwierige Abenteuer zu bestehen und dichte

Nebel zu durchwandern hätten. Nachdem wir alle Dinge, die uns die klare Sicht versperrten, beseitigt hätten, würden wir klar und rein die tiefen Weisheiten sehen. Um der Reinheit dieser Erkenntnisse einen passenden Namen zu geben, nannte sie diese Weisheiten »Essenzen«. Aus diesen Essenzen sei alles Leben gemacht, sagte sie. Es seien die Bausteine des Lebens. Und jeder Baustein habe eine bestimmte Farbe, die an der Oberseite heller und an der Unterseite dunkler sei. Je nachdem, wie die Bausteine verwendet wurden, konnten sowohl sehr helle als auch sehr dunkle Bauwerke daraus entstehen – oder sie konnten hell und dunkel gemischt sein. Die Gebäude konnten einfarbig oder bunt sein. Ganz so, wie der jeweilige Baumeister die Bausteine benutze – und jeder einzelne Mensch sei sein eigener Baumeister. Oftmals wüssten die Baumeister allerdings nicht, dass sie die Bausteine bewusst wählen konnten. Sie wüssten nicht einmal, dass ihre Bauwerke – ihre eigenen Leben – aus einzelnen Bausteinen bestehen und dass sie, bei genauem Hinsehen, diese Bausteine unterscheiden lernen konnten. Nur zu oft bauten die Baumeister ihr Leben nach den Plänen ihrer Eltern oder nach fertigen Plänen, die die Gesellschaft ihnen in die Hände drückte. Kaum ein Baumeister mache sich die Mühe, seine eigenen Baupläne zu entwerfen, die notwendigen Bausteine bewusst und verantwortungsvoll auszuwählen und sich sein Traumhaus selbst zu erbauen.

Als sich Ananda nun an dieses Gleichnis erinnerte, verstand er dessen Bedeutung und erkannte, wie sehr es seinen Erfahrungen seit dem Blick durch das Stadttor ähnelte. Er ließ sich die Elemente des Gleichnisses wieder und wieder durch den Kopf gehen und schöpfte neue Hoffnung, sein Leben nach seinen eigenen Wünschen zu gestalten. Er sah sich als Baumeister seines eigenen Lebens – und er empfand Freude und Stolz bei der Vorstellung, ein »Meister« zu sein.

Manchmal allerdings schaffte Ananda es nur schlecht, sein Leben zu meistern. Dann sah er sich Herausforderungen gegenüber, die viel zu schwierig für ihn waren. Jedenfalls glaubte er das. Eine dieser Herausforderungen war das Aufspüren der Nomilen. Nach ersten scheinbaren Erfolgen steckte Ananda schon seit Wochen fest und kam keinen Millimeter voran.

Eines Tages las er bei seiner Suche nach Informationen über die Nomilen, dass bisher kein Mensch jemals berichtet hatte, einen Nomilen enttarnt zu haben. Somit gab es keinerlei Zeugen ihrer Existenz. Und auch keinerlei Informationen, wie die Nomilen es schafften, derart mächtig zu sein. Jede Menge Gerüchte waren im Umlauf, welche Prüfungen die Nomilen zu bestehen hatten, welchem Ehrenkodex sie unterlagen, welche Gelübde sie ablegten und welche Rituale sie vollzogen. Sicher war, dass die Nomilen keinem Menschen außerhalb ihrer Gruppe je erzählen durften, dass sie Nomilen waren. Sicher schien auch, dass sie über ein enormes Geheimwissen verfügten und in ihren Zusammenkünften kontinuierlich daran arbeiteten, dieses Wissen untereinander zu teilen und ständig zu erweitern. Sie hatten angeblich auch sehr wirksame Methoden entwickelt, mit deren Hilfe sie ihr gesamtes individuelles Potential von Körper, Geist und Seele zur Entfaltung bringen konnten.

Viele Gerüchte kursierten, dass die Nomilen bei ihren Ritualen reichlich Drogen benutzten, um sich in andere Bewusstseinszustände zu versetzen und ihre Wahrnehmungsfähigkeit immens zu erweitern. Einige Gerüchte behaupteten, dass nur der Gebrauch von Drogen den Nomilen ihre besondere Macht verlieh und die Entwicklung ihres Potentials ermöglichte. Andere Gerüchte ließen jedoch erahnen, dass sie Drogen lediglich aus purer Lust an Rauschzuständen nahmen, ja sogar abhängig von Drogen waren, ohne die sie nicht mehr leben konnten.

Je mehr sich Ananda mit den Nomilen beschäftigte und sich mit vielen ihrer Eigenschaften identifizierte, desto mehr schreckte ihn jedoch die Vorstellung ab, dass sie nur durch den Einsatz von Drogen ihre Macht entfalten und erhalten konnten. An dieser Stelle muss man wissen, dass in der Stadt Drogen reichlich verbreitet waren und ausgiebig von den Stadtbewohnern konsumiert wurden. Viele prahlten mit den unglaublichen Zuständen, die sie unter Drogeneinfluss erlebten, und machten sich über jeden lustig, der keine Drogen nahm. Es gab natürlich auch viele negative Folgen des ausufernden Konsums, denn viele Stadtbewohner waren bereits abhängig geworden oder nahmen Drogen in solchen Mengen, dass sie nicht mehr wussten, was sie taten. Sie gerieten in Zustände, die sie völlig überforderten. Sie hatten keine Kontrolle mehr über ihren Körper, ihre Gedanken und Gefühle und über ihre Wahrnehmungen. Nicht selten taten die Menschen unter Drogeneinfluss schlimme Dinge, bei denen andere zu Schaden oder sogar zu Tode kamen.

Genau diese schlimmen Folgen hielten Ananda von den Drogen fern. Allein die Vorstellung, unter Drogeneinfluss jemandem zu schaden oder ihn gar zu töten, ließ ihm das Blut in den Adern gefrieren. Er wusste, dass er mit dieser Schuld nicht leben könnte. Auch die Vorstellung, sich nicht mehr erinnern zu können, was er in einem Rausch angestellt hatte, machte ihm große Angst. Deshalb lehnte Ananda Drogen ab und er war sehr enttäuscht, dass gerade die Nomilen diese anscheinend nicht nur gelegentlich nutzten, sondern sie als wichtigen Teil ihres Lebens und Wirkens ansahen. Anscheinend schrieben sie den Drogen eine enorme Macht zu. Das schreckte Ananda ab und er gab die Hoffnung nicht auf, dass die Gerüchte über die Bedeutung der Drogen bei den Nomilen falsch waren. Er hoffte, dass diese Auserwählten wesentlich bessere und weniger schädliche Methoden entwickelt hatten, um ihr Bewusstsein und ihre Wahrnehmungsfähigkeit zu erweitern und ihre Macht und ihr Potential voll zu entfalten.

Ja, so musste es sein: Die Nomilen hatten drogenfreie Methoden gefunden. Sie konnten komplett auf Drogen verzichten. Sie waren sogar in der Lage, die gleichen Effekte zu erleben, wie sie durch Rauschmittel erzielt wurden. Sie waren in der Lage, diese Zustände jederzeit bewusst auszulösen, immer dann, wenn sie es für hilfreich hielten. Besonders hilfreich erschienen veränderte Bewusstseinszustände, wenn die Nomilen ihre Wahrnehmungskanäle öffnen wollten, um Dinge intensiver und tiefer wahrzunehmen. Denn eines war Ananda bereits bei seiner Traumarbeit aufgefallen: In bewussten Alltagszuständen war die Kontrolle des Denkens oft so enorm stark, dass Wahrnehmungen, die unlogisch oder unrealistisch erschienen, entweder an den Rand des Bewusstseins gedrängt – und somit der bewussten Nutzung entzogen waren – oder vom Denken so verändert wurden, dass sie dann passend, also logisch und realistisch, wirkten. Die starke Kontrolle des bewussten Denkens sorgte auf diese Weise dafür, dass die Realität nicht vollständig wahrgenommen wurde, wie sie in ihrer Komplexität und Vielfalt war, sondern dass die Realität passend gedacht wurde. Die Realität wurde so zu einer Illusion entstellt.

Ananda liebte die Vorstellung von den machtvollen, drogenfreien Methoden und Ritualen, die die Nomilen entwickelt haben könnten. Er liebte es, sich diese Methoden vorzustellen. Und er liebte es, diese Methoden selbst auszuprobieren. Seine Erfolge waren zunächst bescheiden und er wusste aus seinen Recherchen, dass sie noch lange nicht an die extremen, chemisch ausgelösten Zustände heranreichten. Konnte er überhaupt ohne fremde Hilfe drogengleiche Zustände erreichen? Er wollte unbedingt herausfinden, wie weit er seinen Bewusstseinszustand willentlich und jederzeit verändern konnte, um die gesamte Realität klarer, weniger eingeschränkt, umfassender und in all ihren Einzelheiten – und damit realistischer – wahrzunehmen. Er wollte erfahren, wie sehr er selbst die Welt als Illusion erlebte, wie sehr ihm sein Denken seine Wahrnehmungen verbog und sie passend machte. Er wollte erforschen, wie viele Dinge er bisher überhaupt nie wahrgenommen hatte.

War Ananda vor kurzem enttäuscht gewesen, dass die Nomilen angeblich Drogen in großem Umfang nutzten, war er jetzt begeistert davon, drogenfreie Methoden zu entwickeln und ihre Wirkung zu erforschen.

Doch wo sollte er anfangen? Er erinnerte sich, wie er zu Beginn seines Weges mit dem Träumen angefangen hatte. Und wie er vom Zusammenhang zwischen Träumen und Körpersymptomen erfahren und dies am eigenen Körper ausprobiert hatte. Ihm war klar, dass er auch bei der Suche nach bewusstseinsverändernden Methoden bei seinem eigenen Körper beginnen musste. Er stellte sich vor, wie er seine Rückenschmerzen dazu nutzen konnte. Er wollte versuchen, sich ganz in diese Schmerzen zu versenken, seine ganze Konzentration auf sie zu richten, wobei er alle störenden, ablenkenden Einflüsse entdecken und überwinden lernen wollte.

Gab es eine Verbindung zwischen den Schmerzen, der Bedeutung der Schmerzen, dem Bewusstsein und bewusstseinsveränderten Zuständen? Konnte die Verstärkung der Schmerzen sein Bewusstsein derart verändern, dass er mühelos bis auf den Urgrund der Schmerzen tauchte, ihre Botschaft entzifferte und sich die Essenz der Realität vor ihm offenbarte? Schmerzen hatten für Ananda die Qualität von Albträumen. Albträume wiederum waren Träume mit extremen Bewusstseinszuständen. Hatte Ananda also im Träumen seine drogenfreie Methode gefunden, in der sich sein Bewusstsein erweiterte, sich die Realität veränderte, in der ungewohnte Regeln galten und in der Zeit und Raum sich anders verhielten als in der bewussten Realität, in der die meisten Menschen mit ihrem Alltagsbewusstsein lebten?

Ananda beschloss, immer weiter zu forschen. Die ersten Entdeckungen stärkten seine Überzeugung, dass die Nomilen drogenfreie Methoden entwickelt haben könnten. Wenn selbst er als normaler Stadtbürger solche Methoden erfand, dann hätten es die Nomilen bestimmt auch getan. Er war sich sicher, dass die Nomilen noch sehr viel mächtigere Verfahren entdeckt hatten. Bis er die Nomilen jedoch endlich befragen und von ihnen lernen konnte, tat Ananda alles in seiner Macht Stehende, die ihm bisher verborgene Seite der Realität selbst zu entdecken.

Genau zu Beginn seiner Entdeckungsreise begegneten Ananda zwei außergewöhnliche Frauen, die seine Forschung und sein Leben grundlegend veränderten.

Die eine war inzwischen seine Frau geworden. Sie war die Liebe seines Lebens – die eine große Liebe, die ein Mensch im Leben finden konnte. Er hatte sie gefunden. Er dankte dem Universum dafür. Und er dankte täglich seiner Frau und sich selbst für ihre gegenseitige Liebe. Außer der Liebe hatte seine Frau, ihr Name war Marie Sol, eine Weltanschauung und Praxis in sein Leben gebracht, die er in sich aufsog wie ein durstiges Tier: Yoga. Durch Marie Sol lernte Ananda nicht nur die Geschichte, die unterschiedlichen Strömungen und Lehrer kennen. Am meisten beeindruckte ihn, tagtäglich zu sehen, wie Marie Sol Yoga nicht nur lehrte, sondern auch lebte. Wie sie Yoga praktizierte und wie sie die Essenz von Yoga – die Vereinigung der weiblichen und männlichen Aspekte des Lebens, die Verbindung der göttlichen Quelle und des irdischen Körpers – auf ganz natürliche Art und Weise lebte.

Die zweite Frau, die Anandas Leben auf ungeahnte Weise bereicherte, hieß Kasumi. Einer magischen Fügung vertrauend, sah sich Ananda eines Tages in einer Gruppe sitzen, die Kasumi um sich versammelt hatte. In dieser Gruppe hatte Ananda auch Marie Sol kennen gelernt – und auf den ersten Blick gewusst, dass sie seine große Liebe war.

In Kasumis »magischem Zirkel« lernte Ananda eine für ihn neue, unerwartet wirksame Methode, mit der er sein Leben bewusster erleben und bewusster gestalten konnte. Erstaunlicherweise, so stellte Ananda mehr und mehr fest, ergänzten sich Kasumis Magie und Marie Sols Yoga derart gut, dass Ananda endlich das Gefühl hatte, alle Werkzeuge gefunden zu haben, um sein Leben zu meistern. Er fühlte sich endlich zu Hause, angekommen in seinem eigenen Leben. Alle Schwierigkeiten konnte er nun mit Magie und Yoga lösen. Mehr noch: Er war sich sicher, er würde mit diesen beiden Hilfsmitteln seinen Lebenstraum verwirklichen.

Kasumis Magie basierte auf altem Wissen, das – auf ganz natürliche Weise – bereits von den so genannten primitiven Völkern genutzt wurde, besonders von den Schamanen alter Kulturen und immer mehr auch von modernen Heilern. Kasumi hatte zusammen mit ihrem Mann, in der Gegensätzlichkeit und Verbindung von weiblichen und männlichen Kräften, viele Forschungsreisen in die verborgene Welt der Träume und des Unterbewusstseins unternommen, die Essenz des alten Wissens erforscht und in ihrer eigenen Methode kristallisiert. Daraus war eine Art »magisches Elixier« entstanden, das sie in ihrem Zirkel mit den Anwesenden teilte.

Dieses magische Elixier beinhaltete das Wissen, dass der menschliche Körper in der Lage war, viel mehr Dinge wahrzunehmen und zu speichern, als Menschen allgemein für möglich hielten. Das führte im Laufe eines Lebens dazu, dass der Mensch viele belastende Erlebnisse, schwierige Erfahrungen, Probleme und Konflikte, aber auch schöne Erlebnisse – wie Liebe und Freude – nicht nur mit dem Kopf verarbeitete, also denkend und in Worte fassbar, sondern in noch viel größerem Ausmaß mit dem gesamten Körper erlebte. Besonders Erfahrungen, die der Mensch nicht bewusst wahrnahm und verarbeitete, wurden oftmals im Körper gespürt und gespeichert. Auf diese Weise veränderte sich der Körper im Laufe des Lebens als Reaktion auf unvollendete Prozesse, die meist durch traumatische Erlebnisse angestoßen, aber nicht vollständig beendet wurden. Sie veränderten das Körperbild, äußerten sich in Symptomen wie Kopfschmerzen, Rückenverspannungen, Magenschmerzen oder Depressionen, in leichten und schweren Erkrankungen und in Verhaltensweisen, die das Leben der Menschen schwierig, unglücklich und manchmal sogar scheinbar aussichtslos machten. Der Körper wurde zur Projektionsfläche der Blockaden, die ein Mensch im Laufe seines Lebens in sich aufbaute. Blockaden, die ihn davon abhielten, Verantwortung für das eigene Leben zu übernehmen, den eigenen Lebensweg zu gehen und den individuellen Lebenstraum zu verwirklichen.

Kasumis Methode nun – ihr magisches Elixier – nutzte das Körperbewusstsein, um diese Blockaden aufzuspüren und aufzulösen. Wenn sich ein Hilfesuchender an Kasumi wandte, folgte sie keinem starren, einheitlichen System, um ihm zu helfen, sondern sie spürte sich ganz individuell in ihr Gegenüber ein, nahm wahr, was sich im Körper, in den Gedanken und Gefühlen zeigte, erspürte Prozesse, die sich im Bewussten und Unbewussten offenbarten, und half dem Hilfesuchenden, im drängendsten Prozess einen Schritt weiter zu gehen. Meistens führte das dazu, dass der Hilfesuchende eine alte, für ihn hinderliche Verhaltensweise in sich erkannte und loslassen konnte. Von diesem Zeitpunkt der bewussten Erkenntnis an verhielt sich der

Hilfesuchende meist automatisch anders, unabhängiger, freier – und individueller. Manchmal machte er in der Gegenwart Kasumis wichtige Entdeckungen, die sein Leben in eine völlig neue Richtung lenkten. Oftmals führten starke Körpersymptome, die ihn bereits lange Jahre begleitet und gequält hatten, zur Aufdeckung lang zurückliegender Verletzungen – körperlicher und besonders auch emotionaler Art. Nach der Aufdeckung verloren die Verletzungen ihre zerstörerische Macht, die sie bis dahin im Unterbewusstsein unerkannt ausgeübt hatten.

Für Ananda fügte sich Stück für Stück das Mosaik seiner Nachforschungen über Alambrien und die Nomilen zu einem wundervollen Bild zusammen. Verblüfft stellte Ananda fest, dass bereits seine Begegnungen innerhalb der Stadt und während seines normalen Alltagslebens die wichtigsten Lehren für ihn bereitgehalten hatten. Er hatte sie lediglich nicht erkannt, sie nicht zu deuten gewusst. Marie Sol hatte ihm die Welt des Yoga und die Welt der Liebe eröffnet. Und Kasumi ließ ihn teilhaben an ihrer verblüffend einfach erscheinenden, jedoch ungeahnt komplexen und mächtigen Methode, die Ananda für sich selbst »magisches Elixier« nannte. Vielleicht konnte er sie ebenso »Stein der Weisen« oder »Heiliger Gral« nennen. Wie auch immer. Ananda hatte in der Verbindung von Yoga und magischem Elixier die Methoden gefunden, die er ein Leben lang gesucht hatte. Er war sich sicher, dass er damit auch in der Lage war, sein Bewusstsein und sein Wahrnehmungsvermögen zu erweitern. Waren die Nomilen zu einem ähnlichen Ergebnis gekommen? Oder hatten sie ganz andere Methoden und Rituale entwickelt?

Für Ananda war klar: Er wollte sofort beginnen, sein Leben mit den gerade gefundenen Methoden zu erforschen, zu bereichern und seinen Lebenstraum zu verwirklichen.

Die praktische Anwendung der Methoden fiel Ananda

unerwartet schwer. Immer wieder wurde er dadurch ab-
gelenkt, dass er die Methoden lediglich theoretisch bewunderte. Er sonnte sich darin, eine Art Geheimwissen
zu besitzen. Er wusste, wie wirksam die Techniken waren.
Doch beim Versuch, seine eigenen Körpersymptome zu
erforschen, scheiterte er wieder und wieder. Wie konnte
das möglich sein? Er wusste doch, was er zu tun hatte, um
zum Beispiel seine Schmerzen ein für alle Mal loszuwer-
den. Er wusste, dass die Schmerzen eine wichtige Botschaft
für ihn bereithielten, die sein Leben grundsätzlich verändern konnte. Und dennoch blockierte ihn irgendetwas, die
Schmerzen zu erforschen und ihre Botschaft zu entschlüsseln. Diese Blockade selbst, da war sich Ananda sicher, war
ein Prozess, der ins Stocken geraten war und den er zu erforschen hatte.

Plötzlich wurde Ananda klar: Ein übermächtiger Dämon
hielt ihn in seinem Bann und ließ jede Veränderung in seinem Leben bedrohlich und zerstörerisch erscheinen. Kaum
fühlte er sich stark und voller Tatendrang, entfaltete sich
in seinem Inneren – erst zaghaft und unbemerkt, dann immer drängender und überwältigend – dieser böse Geist: die
Angst vor Einsamkeit und Tod. Dieser erdrückenden Angst
fühlte sich Ananda immer wieder unterlegen, diese Angst
war es auch, die viele Schritte auf seinem Weg beschwer-
lich machte, so dass er oft nur schleppend vorankam. Doch
immerhin wusste er genau: Es geht voran – und nicht mehr
zurück! Nicht die Methoden, die er gefunden hatte, waren
ungeeignet oder unwirksam für seine Entwicklung. Es war
sein eigener mächtiger Angst-Dämon, der den Methoden
ihre Wirksamkeit streitig machte.

Ständig schwankte Anandas Gemüt. Mal war er hoff-
nungsvoll und voller Tatendrang, dann wieder melancho-
lisch und zu schwach und leer, um seinen Alltag zu be-
streiten. Er selbst führte das auf das Träumen zurück. Er

stellte fest, dass sich die schöne Welt seiner Träume und der graue Alltag seiner Realität mehr und mehr voneinander entfernten. Je mehr er sich in seinen Träumen wohl und geborgen fühlte und je mehr Abenteuer ihm dort begegneten, desto farbloser und unerträglicher, langweiliger und sinnloser erschien im sein Alltag. Aber er hatte keine Wahl, oder? Er musste doch die Alltagsrealität, so schwer dies auch war, ertragen. Denn wie könnte er sich aus der Alltagsrealität lösen, ohne zu sterben?

Ananda konnte sich keine Existenz ohne seinen Körper vorstellen und sein Körper war untrennbar mit der Alltagsrealität verbunden. Wenn sein Körper ihm ermöglichte, zu leben und zu träumen, sein Körper aber mit der Alltagsrealität verbunden war, dann musste Ananda doch diese Realität aushalten lernen, oder? Gab es eine Alternative zum Aushalten? Konnte Ananda es schaffen, das Wundervolle und Bunte aus seinen Träumen in die Realität zu transportieren, so dass die Realität mehr und mehr seinen Träumen entsprach und er nicht mehr an dem Grau und der Langeweile der jetzigen Realität leiden musste? Oder musste er sich von der Realität und somit seinem Körper trennen, um ganz in der Traumwelt zu leben und sich seinen Wunsch nach einem aufregenden, bunten, abwechslungsreichen Leben zu erfüllen?

Ananda steckte in seinen Überlegungen fest. Er war enttäuscht, dass ihm das Leben wieder einmal so viele Hindernisse in den Weg legte. Und ihn auf diese Weise von einem erfüllteren Leben abhielt. Sicher, er hatte sich selbst – und sein Leben. Und vor allem ein gemeinsames Leben mit seiner geliebten Frau Marie Sol. Dafür war er unendlich dankbar. Dies allein machte ihn glücklich – wenn es ihm gelang, sein Ringen mit der Welt auszublenden. Doch immer wieder kam dieses Ringen in sein Bewusstsein zurück. Er fühlte sich dann jedes Mal herausgefordert, den Kampf mit der Realität anzunehmen und sie nach seinen Wünschen zu verändern. Unerträglich war für ihn die Vorstellung, die Realität so zu akzeptieren, wie sie war. Denn sie war nach seinem Empfinden nicht gut. Nicht gut genug für ihn. Er fühlte sich einfach nicht wohl in ihr. Und er fühlte in sich das Potential, die Welt zu verändern.

Eine große Kraft verbarg sich in ihm und sie drängte stärker und stärker nach außen. Sie schrie schon, strampelte und ließ Ananda nicht mehr ruhen. In der Nacht wälzte er sich im Bett hin und her, seine Waden schmerzten und verkrampften sich, so dass es unerträglich wurde, still im Bett zu liegen. Anscheinend wollten die Waden stehen, wollten, dass Ananda aufstand und seine Vorhaben und seine Träume in Taten umsetzte. »Genug geruht, Krieger Ananda! Zeit, deine Visionen zu leben, deiner Berufung zu folgen!«

Berufung? Was sollte das sein? Ananda wünschte sich oft, dass es viel mehr Menschen gäbe, die träumten und ihre Träume verwirklichten. Wenn es nur genügend Menschen gab, die ihre Träume ernst nahmen und ihnen folgten, dann könnte sich der graue Alltag ändern, dann könnten sich Träume erfüllen. War es Anandas Berufung, die Menschen ans Träumen zu erinnern, sie zu ermuntern, viel und tief zu träumen und zu versuchen, ihre Träume Wirklichkeit werden zu lassen? Ananda würde auf diese Weise helfen, die Realität zunehmend bunter und schöner zu machen, zu einem wundervollen Platz zum Leben!

Wieder ein Traum! Ananda wurde bewusst, dass auch seine Vorstellung von seiner Berufung ein Traum war. Und doch fühlte sich diese Vorstellung sehr real an. So, als ob sie schon ein Plan war, den er nur noch umzusetzen brauchte. Sein Traum hatte bereits einen Fuß aus der Traumwelt in die Alltagswelt gesetzt und damit die Grenze der beiden getrennten Welten überschritten. Waren die beiden Welten vielleicht gar nicht so stark und eindeutig getrennt, wie Ananda bisher immer angenommen hatte? Konnten sich Träume viel leichter verwirklichen, als er dachte? War all das, was er in der Alltagsrealität wahrnahm, aus Träumen hervorgegangen? Waren die sichtbaren Dinge vielleicht sogar die sichtbaren kleinen Spitzen von ansonsten unsichtbaren gigantischen Traumeisbergen? War die Grenze zwischen Sichtbarem und Unsichtbarem, zwischen Alltagswelt und Traumwelt, so leicht zu überwinden, wie die Wasseroberfläche von richtigen Eisbergen überwunden wurde, von Eisbergen, die zum größten Teil unter der Wasseroberfläche lagen und somit unsichtbar waren, wenn man nur die Dinge oberhalb des Wassers wahrnahm? Woraus bestand das Medium, in dem sich die Träume bewegten, verglichen mit dem Wasser, in dem die Eisberge trieben?

Und noch eines fiel Ananda bei seinen Überlegungen auf: Die realen Eisberge bestanden aus demselben Medium, in dem sie schwammen. Einerseits bestanden sie aus dem Medium, hatten sich aber andererseits durch verschiedene Vorgänge verändert, so dass sie nun als eigenständige, getrennte Objekte sichtbar wurden. Es sah aus, als bestünden sie nun aus einem anderen Medium als Wasser. Jedoch waren sie noch immer Wasser – in einem anderen Zustand, gefroren eben. Sie waren Realität gewordene Träume des Wassers, das sich an dieser Stelle in einen gefrorenen Zustand geträumt hatte. Ein Teil dieses Traums, die Spitze des Eisbergs, ragte dabei über die Oberfläche des Mediums heraus. Der Eisberg schaffte es also, über das Medium, aus dem er bestand, hinaus sichtbar zu werden. Aus eigenen Kräften schaffte es das Medium Wasser, sich so zu verändern, dass es seine Grenze überwand und in einer anderen Welt Form gewann, in der Welt des Sichtbaren, der Welt der Luft und der Sonne.

Ananda war verblüfft. Sein Vergleich von Traum und

Eisberg hatte eine neue Möglichkeit sichtbar gemacht: Wenn es in der Natur schon möglich war, dass sich zuvor Unsichtbares aus eigenen Kräften sichtbar machen konnte, dann konnten sich womöglich auch Träume selbstständig in der Alltagswelt materialisieren. Ananda war sich nun sicher: Träume konnten wahr werden! Wenn die Träume in sich selbst genügend Willen und Energie aufbrachten, sich zu realisieren. Im sicheren Vertrauen darauf, dass ihnen dann nichts mehr im Wege stand.

So schnell sich Ananda über diese hoffnungsvolle Vorstellung freute, genauso schnell kamen ihm Zweifel an der Analogie von Träumen und Eisbergen. Der Zweifel bezog sich auf das Medium der Träume: Das Medium der Eisberge, Wasser, war selbst bereits Teil der Alltagswelt. Es brauchte sich nicht erst zu materialisieren. Was aber war das Medium der Träume? Woraus bestanden Träume? Waren diese nicht nur flüchtige Gedanken in den Köpfen der Träumenden? Gedanken bestanden letztendlich nur aus elektrischen Ladungsverschiebungen und aus der Freisetzung von Transmittern im Gehirn des Menschen, so viel wusste Ananda. Er erstarrte: Die Ladungsverschiebungen basierten auf der Bewegung von elektrisch geladenen Teilchen. Und die Transmitter waren enorm mächtige chemische Substanzen, die die Kluft zwischen den Nervenzellen im Gehirn überbrückten. Elektrisch geladene Teilchen und chemische Substanzen aber waren … Teil der Alltagswelt! Sie waren real! Genau wie das Wasser der Eisberge! Also hatten auch die Träume bereits einen Fuß in der Alltagswelt! Sie waren bereits Teil der Realität – und nicht von ihr zu trennen!

Warum aber glaubte jeder Mensch – und Ananda hatte dies bis zu diesem Zeitpunkt auch geglaubt –, dass Träume in einer anderen Welt, einer nicht realen Welt, stattfänden? Offensichtlich waren doch sowohl die Träumenden als auch die physikalischen, chemischen und biologischen Grundlagen des Träumens von dieser Welt. Was ließ die Träume dennoch getrennt erscheinen? Lag das an der beschränkten Wahrnehmungsfähigkeit des Menschen für Träume? Fehlte dem Menschen ein Sinnesorgan für Träume, um diese als real wahrzunehmen?

Ananda fiel auf, dass er während des Träumens das Geträumte sehr wohl als real wahrnahm. Er konnte Farben und Formen sehen, Geräusche hören, Gerüche riechen, Geschmäcker schmecken, Dinge ertasten und Bewegungen wahrnehmen. Er hatte Gedanken, Gefühle, einen Körper, einen Geist, eine Seele. Er bewegte sich in Räumen und Zeiten. Im Traum war alles so real wie in der Alltagswelt. Als Teil des Traumes funktionierten alle seine Sinnesorgane und signalisierten ihm: Diese Welt ist real! Nach dem Träumen allerdings erschien plötzlich alles unwirklich, so als wäre niemals geschehen, was er gerade im Traum als ganz wirklich erlebt hatte.

Eines allerdings war in den Träumen anders als in der Alltagswelt: Alles war möglich. Der Träumende konnte alles erreichen, was er wollte, er konnte unermesslichen Reichtum haben, eine Welt genau nach seinem Geschmack erschaffen, konnte an mehreren Orten gleichzeitig sein, konnte sowohl Vergangenheit als auch Zukunft bereisen, konnte mit allen Menschen zusammen sein, die er sich in seiner Nähe wünschte. Er konnte mächtig sein, reich, konnte Herrscher über ein Königreich sein, Besitzer eines erfolgreichen weltweit agierenden Unternehmens, konnte Spitzensportler, Topmodel, Filmstar oder Bestsellerautor sein. Oder sogar ein Engel, ein Tier, eine Blume, ein Stein, ein Stern, ein Vakuum. Alles ließ sich im Traum erschaffen und erleben. Wünsche konnten sofort erfüllt, Ziele sofort erreicht werden. Das Leben konnte unermesslich schön sein.

Allerdings waren Träume manchmal auch das genaue

Gegenteil: Sie konnten schrecklich, ekelhaft, bedrohlich und sogar tödlich sein. Sie schlichen sich oft nachts in die Köpfe und Körper der Träumenden, doch auch während des Tages tauchten sie in Form von grausigen und unheimlichen Bildern und Gedanken auf. Wenn Ananda aus einem solchen Albtraum erwachte, war er froh, dass der Traum nicht Wirklichkeit war, dass er noch lebte, sein Körper unversehrt und sein Leben nicht in Gefahr war.

Manchmal war es also gut, dass ein Traum es nicht schaffte, die Grenze zur Alltagswelt zu durchdringen und das Leben zu gefährden. War es aber irgendwie möglich, den schönen Träumen zu helfen, die Grenze zur Realität zu überwinden, damit sie auch das wache Alltagsleben schöner, bunter, traumhafter machen konnten?

Ananda lebte immer wieder auf, wenn er träumte und sich vorstellte, seine Träume würden bald Wirklichkeit werden. Sehnsüchtig wartete er dann auf Zeichen dafür in seinem Alltag. Immer wieder erlebte Ananda jedoch Zeiten, in denen scheinbar nichts, rein gar nichts geschah. Ihm war langweilig und er fragte sich, ob er wohl jemals lernen würde, sein Leben sinnvoll zu nutzen, jeden Moment auszukosten, damit sich seine Wünsche mehr und mehr erfüllen und er sich ständig weiter entwickeln könnte. Er stellte sich vor, wie glücklich er wäre, wenn er jeden Tag einen Schritt zu einem vollkommenen Leben machen könnte. Immer mehr wollte er in sich selbst finden, was ihn als Mensch besonders und einzigartig machte. Gab es in ihm eine Fähigkeit, die nur er besaß und die er für sein eigenes Wohl und das der ganzen Welt einsetzen konnte?

Ananda war überzeugt, dass jeder Mensch, weil er einzigartig war, einzigartige Wünsche hatte, wie er seine Lebenszeit am liebsten verbringen wollte. Jeder Mensch, so glaubte Ananda, strebte ganz natürlich danach, in der Welt ein Abbild seines inneren Paradieses zu erschaffen. Und dieses innere Paradies wollte Ananda erkunden. Er beobachtete, wie das Bild vom Paradies im Laufe des Lebens zunehmend verblasste. Er machte Erziehung und Manipulationen der Gesellschaft sowie die bitteren Erfahrungen der Menschen dafür verantwortlich. Ananda stellte sich vor, wie jeder Mensch mit einem kristallklaren Bild seines inneren Paradieses geboren wurde und am Beginn des Lebens genau wusste, wie er das Leben gestalten, welche Dinge er erleben wollte und welche Lebensweise ihm selbst am wohlsten tat. Der Mensch hatte ganz natürlich ein Gespür dafür, wie er seinen Körper, seinen Geist und seine Seele in einem harmonischen, gesunden Gleichgewicht halten konnte. Das Leben musste dafür eine Balance zwischen Aktivität und Erholung sein, den Menschen fordern, aber nicht überfordern. Das Leben brauchte, ganz individuell, das richtige Maß an Herausforderungen, die der Mensch aus eigenen Kräften meistern konnte. So würde er sich mehr und mehr entwickeln und das Gefühl haben, aktiv am Leben teilzunehmen, sich der eigenen Kraft und der Welt erfreuen und seine Freude mit anderen Menschen teilen.

Dieses natürliche Wissen um die richtige Lebensweise ging den meisten Menschen verloren. Das jedenfalls war Anandas Theorie und er hatte es genau so selbst erlebt. Die Ursache dafür lag für Ananda in den vielen Frustrationen, die jeder Mensch in seinem Leben erfuhr. Die Welt – und für Ananda war das zeit seines Lebens die Stadt gewesen – war einfach nicht so, wie der Mensch sie gern haben wollte. Die Welt schien einfach zu stark zu sein, als dass ein einzelner sie zu seinen Gunsten verändern konnte. Der Mensch kannte seine Wünsche genau, spürte jedoch, dass es in der Realität schwierig war, sie zu erfüllen, und er erlebte sich selbst zunehmend als ohnmächtig. Als einzelner Mensch gegenüber der Macht der übrigen Menschheit, der

Natur, des Universums. Mit der Zeit – und mit immer mehr nicht erfüllten Wünschen – resignierte der Mensch vor der Macht seiner Umwelt und akzeptierte schließlich, dass viele seiner Wünsche nicht erfüllbar waren oder dass der Aufwand zur Erfüllung einfach so enorm hoch war, dass es seine Zeit, seine Fähigkeiten und seine Kräfte überstieg.

So lernte der Mensch, sich mit den nicht erfüllten Wünschen abzufinden. Er passte sich Stück für Stück seiner Umwelt an, um möglichst wenig Schaden zu nehmen, ein möglichst bequemes Leben zu leben und sein Leid so wenig wie möglich wahrzunehmen. Viele Menschen vergaßen mit der Zeit ihre Wünsche, fühlten sich im Leben aber irgendwie unwohl und waren unzufrieden. Viele schimpften dann auf die Welt oder ihre eigenen Schwächen, sie fühlten sich wertlos und empfanden das Leben als sinnlos. Sie spürten ihre Ohnmacht und suchten nach Ursachen für dieses Gefühl. Und sie fanden genügend Gründe entweder in sich selbst, weil sie sich schwach, minderwertig oder unnütz fühlten, oder sie fanden sie in ihrem Umfeld, bei ihren Mitmenschen oder ganz allgemein in den schwierigen Lebensbedingungen.

Die Menschen glaubten nicht an ihre eigene schöpferische Kraft, die die Welt genau nach ihren Wünschen erschaffen konnte.

In Ananda aber wuchs die Überzeugung, dass seine Träume und Wünsche sich verwirklichen würden, wenn er sie mit genügend Respekt, Aufmerksamkeit und Liebe behandelte. So, wie er seine Arbeit gewissenhaft und mit möglichst großer Perfektion erledigte, wenn ihm sein Chef einen Auftrag gegeben hatte, genau so wollte er seine eigenen Wünsche als Auftrag an sich selbst verstehen und alles tun, um seinen eigenen Erwartungen gerecht zu werden. Denn letztendlich war er selbst sein eigener Maßstab. Nur wenn er von sich selbst glaubte, schlecht und falsch zu sein, war er unglücklich, nur dann sähe er sich im Recht, sich selbst zu bestrafen. Wenn er selbst überzeugt war, sein Bestes gegeben zu haben, dann würde er sich stolz und glücklich fühlen. Selbst wenn er seine Ziele einmal nicht vollständig und sofort erreichte.

Ananda wusste, dass er sein Bestes geben musste. Er wusste, dass er viel erreichen konnte. Und er wusste, dass er glücklich sein konnte. Nur wenn er sich zurückzog und passiv dabei zusah, wie sich seine Wünsche nicht erfüllten, dann würde er unglücklich sein. Wenn er aber seine Wünsche kannte, dann musste er alles ihm Mögliche tun, sie zu erfüllen. Er musste seinem Weg folgen. Es gab keine Alternative, wenn er wirklich glücklich werden wollte. Jedes Verharren, jede Projektion von Schwäche in sein Inneres oder in die Außenwelt wären nur trügerische Vorwände, um nicht – trotz seiner Weisheit – die notwendigen Konsequenzen für sein Leben zu ziehen. Ananda wusste, dass er vor seiner Weisheit nicht mehr fliehen konnte, ohne sich selbst ins Unglück zu stürzen.

Die Weisheit war eindeutig: »Folge deinem Weg, dann bist du glücklich! Folgst du deinem Weg nicht, obwohl du diese Weisheit kennst, wendest du dich von dir selbst, von deinen Wünschen und Träumen, von der Liebe und der Lebensfreude ab!«

Was bedeuteten all diese abstrakten Gedanken für seinen Alltag? Wie konnte er die Weisheiten in seinem Leben umsetzen? Was musste er tun?

Er wusste es sofort: »Nimm wahr! Nimm wahr, was deine Gedanken, dein Körper und deine Träume dir sagen! Es ist nicht zufällig, was du denkst und fühlst. Alles hat eine Bedeutung für dich. Alles will dir ganz persönlich etwas zeigen. Nimm alles in dir und um dich herum bewusst wahr! Nimm deine Wünsche sehr, sehr ernst und verdränge sie nicht mehr! Und beginne, deine Wünsche mit Leben zu erfüllen!«

Obwohl Ananda ziemlich genau wusste, was er zu tun hatte, um glücklicher zu werden, kam er noch immer nicht schnell genug voran. Die Methoden, die er gefunden hatte, schienen ihm zu einfach, als dass er mit ihnen sein Leben und die Welt wesentlich verändern könnte. Er hoffte auf den großen Durchbruch, den Big Bang, der ihn von einem Moment auf den anderen zu einem glücklichen und reichen Mann machen würde. Dieser Big Bang konnte in Form eines mächtigen Retters, einer unerwarteten Erleuchtung oder einer plötzlichen Erweiterung seiner Wahrnehmungsfähigkeit und seines Bewusstseins kommen. Er war bereit, den Big Bang mit offenen Armen und offenem Herzen zu empfangen, um sich von ihm, ein für alle Mal, von einem minderwertigen Jüngling zu einem mächtigen, reichen und glücklichen Mann verwandeln zu lassen.

Doch der Big Bang, der alles verändernde große Knall, die plötzlich auftretende große Wende, kam einfach nicht in sein Leben. Und er hatte nun schon viele Jahrzehnte darauf gewartet.

Halt! Eine sehr große Änderung war mit Marie Sol in sein Leben gekommen: Marie Sol hatte sein Dasein mit Liebe erfüllt und ihm gezeigt, dass er fähig war, mit einem geliebten Menschen und mit dem Leben verbunden zu sein. Ohne sie war sein Leben belanglos und er hätte sicherlich in nicht ferner Zukunft einen Ausweg aus seinem Leiden gesucht. Doch Marie Sol war da! Und ihre gegenseitige Liebe hatte sein Leben grundsätzlich verändert – es reicher, bunter und schöner gemacht.

Wenn Ananda ehrlich zu sich selbst war, dann musste er sich eingestehen, dass der Big Bang eine Illusion war, ein Wunschtraum, dessen Erfüllung außerhalb seiner Macht lag. Er konnte den Rest seines Lebens auf den großen Knall warten und vielleicht hatte er sogar das seltene Glück, dass er sich für ihn ereignete. Die meisten Menschen hatten dieses Glück nicht. Aber sie brauchten es auch nicht! Denn jeder Mensch konnte sich in jedem Moment seines Lebens dafür entscheiden, das Leben in die eigenen Hände zu nehmen und sich Schritt für Schritt die eigenen Träume zu erfüllen.

Zögerlich und widerstrebend sah Ananda, dass ihm keine andere Wahl blieb: Er selbst musste den ersten Schritt gehen. Und dann den nächsten und den nächsten. Allmählich würde er sich seinem Ziel nähern. Er könnte zu jeder Zeit stolz auf sich sein, denn er selbst hatte sich das größte Geschenk seines Lebens gemacht, indem er seine größten Wünsche ernst nahm und alles daran setzte, sie zu erfüllen. Wie ein Vater, der seinem Sohn zu Weihnachten seine innigsten Wünsche entlockt und alles dafür tut, sie zu erfüllen. Um seinem Sohn ein einzigartiges Geschenk zu machen, das von Herzen kommt. Um ihm in die vor Freude tränenden Augen zu blicken. Um die Verbindung zu seinem Sohn zu spüren, wenn dieser ihn zum Dank für das Geschenk umarmt.

Trotz oder gerade wegen seiner Entscheidung, für sein Glück selbst die Verantwortung zu übernehmen, erschien Ananda das ganze Leben plötzlich zunehmend schwierig und anstrengend. Oft fühlte er sich einfach zu kraftlos, um diese Aufgabe zu meistern. Er musste sich ausruhen und verschob die nächsten Schritte auf den nächsten Tag, die nächste Woche, den nächsten Monat. Immer wieder gab es wichtigere Dinge, die Ananda angeblich erledigen »musste«, bevor er sich weiter um seinen Lebenstraum kümmern konnte. Es gab ja überhaupt keine Garantie, dass er sein Ziel auch erreichen würde. Selbst bei größter Anstrengung. In dieser Kraftlosigkeit fragte sich Ananda immer öfter, ob sein Lebenstraum überhaupt noch für ihn stimmte. War nicht das Leben, das er jetzt schon führte, schön und angenehm genug? Griff er nicht nach den Sternen und wünschte sich Unerfüllbares? Und würde er nicht letztendlich an seinem zu großen Wunsch und seiner Nichterfüllung zerbrechen?

Manchmal wünschte sich Ananda dann ein sehr viel einfacheres Gemüt sowie weniger Zeit und Lust zum Denken, Fühlen und Träumen. Er wünschte sich auch oft, ein Tier zu sein, das seinen Instinkten ganz natürlich und unmittelbar folgte. Nicht zu weit in die Zukunft sah und nicht zurück in die Vergangenheit. Ein Tier, das im Hier und Jetzt mit seinem Körper und all seinen Sinnen präsent war und sich nicht an einen anderen Ort, in eine andere Zeit, in eine andere Gesellschaft oder andere Lebensbedingungen wünschte. Das Tier lebte einfach. Und es wusste, dass es mit den Realitäten, die ihm begegneten, umgehen musste. Wenn das Tier sich unwohl fühlte, dann dachte es nicht sofort: »Zu schade, aber ich kann die Realität nicht ändern!« Nein, das Tier würde auf die Suche gehen und eine Lösung finden, um sich das Leben wieder wohler zu gestalten. Hatte es Hunger, aß es. Hatte es Durst, trank es. War ihm zu kalt, suchte es sich einen wärmeren Platz. Die Verbindung von Wunsch und Wunscherfüllung war für das Tier ganz direkt und unmittelbar. Keine großen Pläne für die Zukunft, kein Warten auf bessere Zeiten, kein Warten auf den großen Retter oder den großen Knall. Tier zu sein, dachte Ananda, war so viel einfacher. Fern von allem Denken und dem Leiden, dem der Mensch ausgesetzt war, weil er dieses angeblich so wundervolle Werkzeug namens Bewusstsein besaß.

Wie konnte Ananda mehr von dem tierischen Leben annehmen und dadurch unmittelbarer leben, verbunden mit sich selbst, der Natur und den gerade herrschenden Bedingungen – ganz im Hier und Jetzt? Wieder war er sich sicher, dass sein Körper – die natürliche Verbindung zum Leben, zur Natur, zur Umwelt, zu seinen Mitmenschen und allen Lebewesen – ihm den richtigen Weg weisen würde. Sein Körper war seine Weisheit. Er musste dieser Weisheit lediglich so oft wie möglich folgen. Sie respektieren und in Ehren halten. Diese Weisheit war sein bester Weggefährte, sein Retter. Der Retter, der schon längst da war! Seit seiner Geburt. Und er blieb bei ihm bis zu seinem Tode. Er brauchte ihm nur zu lauschen und seinen Ratschlägen zu folgen.

Und manchmal waren die Ratschläge des Körpers sehr einfach und angenehm, wenn der Körper zum Beispiel forderte: »Nun, Ananda, ruhe dich aus!«

Nachdem sich Ananda ein paar Tage Ruhe gegönnt hatte, erwachte er durch einen betäubenden Rückenschmerz jäh aus seiner Bequemlichkeit. Er war kaum in der Lage, sich in seinem Bett umzudrehen, so stark hielten ihn die Schmerzen in Schach. Er lag flach auf dem Bauch, seine Arme, Beine und sein Rumpf fühlten sich bleischwer an, und Anandas Kräfte reichten nicht aus, Arme und Beine unter seinen Körper zu bringen, um sich zur Bettkante fortzubewegen. Etwas schien ihn mit unbändiger Gewalt auf sein Bett zu pressen. Ein enormes Gewicht. Ananda fragte sich, was dort auf seinem Rücken vorging und plante, ihn durch das immer weiter zunehmende Gewicht zur Aufgabe zu drängen. Das Atmen fiel ihm schwer und sein Brustkorb begann zu schmerzen. Seine Lungen brannten wie Feuer. Das Gewicht quälte ihn weiter, bis ihm schließlich auch sein Herz brannte, als würde es jemand mit einem Brandeisen bearbeiten. Nahe der Ohnmacht erkannte Ananda endlich das Wesen auf seinem Rücken. Das Wesen saß nicht einfach so auf ihm, sondern schien mit dem Rücken verbunden zu sein und sich mehr und mehr aus diesem zu lösen. Es war ein gigantischer, starker, machtvoller schwarzer Stier, mit stolz erhobenem Haupt, auf dem zwei kraftvoll geschwungene Hörner ruhten.

Kraftvoll, stolz, unerschrocken löste sich das glänzend schwarze Wesen allmählich aus Anandas Rücken, wobei der Rumpf des Stieres und Anandas Rücken noch immer eins und die Beine des Stieres noch nicht sichtbar waren. Ruhig und majestätisch, ohne jede Eile und ohne sich von Anandas zunehmender Panik und seinem schmerzverzerrten Gesicht verunsichern zu lassen, erhob sich das stolze Tier und blickte in den Raum, ohne Ananda zu beachten. Ananda konnte nicht fassen, was er sah, und er war überzeugt davon, dass er bereits in Ohnmacht gefallen war und träumte. Gebannt hielt er seinen Kopf in Richtung Stier gedreht und starrte ihm unentwegt in sein stolzes Gesicht. Woher kam dieses Wesen? Wohin wollte es? Was hatte es mit ihm vor?

Ananda konnte nichts anderes tun, als abzuwarten. Obwohl er diesen Stier noch nie gesehen hatte, kam er ihm auf ungewöhnliche Weise vertraut vor. Der Stier erhob sich mehr und mehr und löste sich dabei aus Anandas Rücken. Das Gewicht und die Kraft, mit der sich der kolossale Stier in die Höhe wuchtete, drückten Ananda noch stärker auf sein Bett und pressten die Luft aus seinen Lungen. Ananda konnte nur noch flach atmen, doch das Geschehen auf seinem Rücken ließ jede Menge Adrenalin durch seine Blutbahn schießen und hielt ihn hellwach und in angstvoller Erwartung.

Was passierte als Nächstes? Würde sich der Stier vollständig aus Ananda lösen? Würde er sich vollends aufrichten, sich kraftvoll mit seinen Hufen von Anandas Rücken abstoßen und von ihm herunterspringen?

Nach scheinbar endlosen Augenblicken stand der Stier endlich auf Anandas Rücken, imposant, schwarz und stolz, mit erhobenem Haupt, gelassen und ruhig, stark und machtvoll. Ein edles Tier. Der Inbegriff von Stärke und Gelassenheit. Stolz in seiner körperlichen Erscheinung, klar und wach in seinen dunklen Augen, den Spiegeln seiner Seele. Nichts, so war sich Ananda sicher, konnte dieses göttliche Wesen in seiner Präsenz gefährden, keine Macht der Welt stärker sein als dieser Stier!

Insbesondere der Ausdruck von Stolz und Selbstbewusstsein hielt Ananda in Bann und er starrte ununterbrochen auf das majestätische Gesicht des Stiers. Er hoffte so sehr, dass der Stier ihn ansehen würde. Er wollte in dessen Gesicht erkennen, dass dieses Wesen Ananda gern hatte, ihn schätzte und ihn respektierte, so wie er war. Ananda wollte diesem Stier unbedingt gefallen, denn er ahnte, dass dieser Stier ihm sehr nützlich sein konnte. Sicherlich war der Stier sehr, sehr einflussreich, hatte viele Verbündete und viele Gefolgswesen, die sich ihm anschlossen, um unter seiner Führung erfolgreich zu sein. Dieser Stier konnte, wenn Ananda ihn für sich gewann, alle Hindernisse aus Anandas Leben räumen, so dass er endlich ein wundervolles Leben hätte.

Doch so sehr Ananda sich dies wünschte und alles tat, damit ihn der Stier ansah, der Stier hielt seinen Kopf stolz und aufrecht und blickte über Ananda hinweg.

Verblüfft stellte Ananda fest, dass sich der Stier, sobald er stand, nicht weiter bewegte. Noch immer war er – jetzt über seine kraftvollen, schwarz-glänzenden Beine – mit Ananda verbunden. Er unternahm keinerlei Versuche, sich weiter von Ananda zu trennen. Was war das für ein Wesen? Wie war es in ihn gekommen? Warum trennte es sich nicht von ihm? Warum befreite es sich nicht? Warum sprang es nicht von seinem Rücken und ging fort?

Ananda fand keine Antwort, doch er bemerkte, wie er allmählich ruhiger wurde und wie sich die Last des Tieres inzwischen viel leichter anfühlte. Ananda lag zwar noch immer auf dem Bauch auf dem Bett, aber er wurde längst nicht mehr gewaltsam in die Matratze gepresst. Und als ihm dies nun bewusst wurde, konnte er wieder kräftig durchatmen. Er spürte in seinen Körper hinein: Seine Rückenschmerzen waren verschwunden! Doch dafür hatte er jetzt einen mächtigen Stier auf seinem Rücken stehen!

Ananda wusste noch immer nicht, wie er sich bewegen sollte. Konnte er das überhaupt? Was würde passieren, wenn er versuchen sollte aufzustehen? Was würde mit dem Stier geschehen?

Langsam brachte Ananda die Hände unter seine Schultern, zog die Knie unter seinen Bauch und erhob sich vorsichtig, doch erstaunlich leicht auf alle Viere. Er drehte seinen Kopf und sah den Stier unverändert auf seinem Rücken stehen. Jetzt kam der große, entscheidende Moment: Ananda drückte sich mit seinen Händen von der Matratze ab, streckte den Rücken und stellte einen Fuß nach dem anderen neben das Bett, so dass er zum Stehen kam. Immer noch spürte er den Stier auf oder, genauer gesagt, in seinem Rücken, aber es fühlte sich nicht im Geringsten störend an. Wieder drehte er seinen Kopf zur Seite und blickte zum Stier. Dieser hatte unterdessen die Vorderbeine etwas angewinkelt und das Gewicht seines vorderen Rumpfes nach vorn verlagert, so dass seine Brust nun Anandas Schultern sehr nahe kam. Ananda konnte die animalische Hitze des Stiers spüren und den glühenden Atem an seinem Hals. Der Stier hatte seinen Nacken gebeugt, so dass Ananda und er in die gleiche Richtung blickten, wenn Ananda seinen Kopf wieder nach vorn drehte. Und dies tat er endlich auch: Er drehte seinen Kopf nach vorn, obwohl ihm erheblich unwohl war bei dem Gedanken, den Stier aus den Augen zu verlieren.

Ananda fühlte sich sehr angespannt und unsicher. Noch unsicherer nun, da er den Stier nicht mehr anblickte, sondern nur noch spüren konnte. Ananda kämpfte mit seinen vielen Gefühlen und Wahrnehmungen: Angst, Freude, Stärke, Schwäche, Wärme, Kälte, Selbstbewusstsein und

Unsicherheit. Musste er den Stier im Auge behalten? Ananda wusste genau, dass er keine Chance gegen dieses Tier hatte, wenn dieses gewillt war, ihm zu schaden. Ananda entschloss sich also, den Stier zu akzeptieren, ja sogar sich ihm hinzugeben, ihm zu vertrauen. Nichts garantierte ihm, dass dieses Vertrauen richtig war. Es konnte seinen Tod bedeuten. Der Stier konnte ihn mit Leichtigkeit auslöschen. Doch Anandas Gefühl sagte ihm, dass nur das Vertrauen in den Stier ihn retten, dass jedoch der Kampf gegen den Stier ihn vernichten würde. Also entschied sich Ananda für das Vertrauen. Und er gewöhnte sich daran, den Stier als seinen machtvollen Begleiter zu betrachten, seine Anwesenheit und Stärke zu spüren und sich von seiner Macht und seinem Stolz anstecken und leiten zu lassen.

Ananda lernte von seinem Stier sehr viel. Dieser stand mit einer unglaublichen Selbstverständlichkeit im Leben und ließ sich von seiner Art und Weise zu leben nicht einen Deut abbringen. Er verhielt sich ganz natürlich und dazu gehörte, dass er aus dem Weg räumte, was sich ihm in den Weg stellte. Denn er war sich seiner Entscheidungen, Wünsche und Ziele absolut sicher und ließ sich vom Außen nicht beeinflussen. Ananda bewunderte dieses Verhalten sehr, denn er selbst war bisher nie so selbstbewusst gewesen, wie er es sich wünschte. Er hatte immer viel zu viel Angst davor gehabt, mit seinen Mitmenschen in Konflikt zu geraten, wenn er sich allzu stark zeigte. Er hatte Angst, dass sein Verhalten andere Menschen einschränken könnte. Und er konnte nicht ertragen, daran schuld zu sein, wenn sich irgendjemand seinetwegen seine Wünsche nicht erfüllen konnte. Das Außen war für Ananda sein Leben lang wichtiger gewesen als sein eigenes Innenleben, sein Selbst. Und er tat alles, um Konflikte mit dem Außen zu verhindern, denn Konflikt bedeutete für Ananda Gefahr – die Gefahr, vom Außen vernichtet zu werden.

Vom Stier nun lernte er das Gegenteil: sich selbst viel, viel wichtiger zu nehmen als das Außen und alles zu tun, um sich die eigenen Wünsche zu erfüllen. Der Stier ging davon aus, dass er selbst stärker war als alles um ihn herum und dass ihn grundsätzlich nichts daran hindern konnte, seinen Weg zu gehen. Widerstände räumte er mit einer Selbstverständlichkeit aus dem Weg, die Ananda zum Staunen brachte. Der Stier machte jedoch keinerlei Aufhebens darum, verhielt sich nicht offen arrogant anderen gegenüber oder spielte seine Macht gegen andere aus. Nein, dem Stier war das Außen mehr oder weniger gleichgültig. Er richtete sein Verhalten nicht nach dem Verhalten der anderen Wesen und Kräfte um ihn herum aus, also kümmerte ihn auch die Schwäche der anderen nicht besonders. Denn die Schwäche der anderen war nicht wichtig für seine eigenen Ziele und sein eigenes Verhalten.

Der Stier war sich vor allem selbst bewusst. Er war sich bewusst über seinen Körper, seine Gedanken und Gefühle, seine Wünsche und Träume. Er spürte auf ganz natürliche Art und Weise, was er brauchte, wenn sein Körper Schmerzen hatte oder sich schwach und taub anfühlte. Er wusste instinktiv genau, was er tun musste, was er brauchte, um sich wieder besser zu fühlen. Und genau das tat der Stier dann auch. Direkt, sofort, ohne zu zögern und ohne daraus einen Staatsakt zu machen. Ihm war egal, ob irgendjemand sah, was er tat, ihm war egal, ob andere ihn für einen tollen Typen hielten oder nicht. Er tat einfach, was getan werden musste.

Natürlich passierte es manchmal, dass sich irgendetwas oder irgendjemand zwischen den Stier und sein Ziel stellte. Dann fand der Stier trotzdem in den meisten Fällen einen Weg zu seinem Ziel. Dabei ging er nicht immer, wie man vielleicht nach den bisherigen Beschreibungen vermuten könnte, den direkten Weg, er räumte also die Hindernisse nicht immer rücksichtslos aus dem Weg. Er hatte ein feines Gespür nicht nur für sich, sondern auch für seine Umwelt. Er folgte ganz und gar seiner Wahrnehmung. Spürte er, dass das Hindernis sich selbst aus dem Weg bewegen würde, wenn er weiter seinen Weg ging, dann ging er einfach weiter. Spürte er, dass das Hindernis sich nicht von selbst wegbewegen würde, jedoch keinerlei Interesse an ihm, dem Stier hatte, so ging er einen kleinen Umweg um das Hindernis herum. Dabei hatte der Stier eine sehr genaue Vorstellung davon, wie groß der Umweg sein durfte. Wenn dieser zu groß wurde, zog der Stier in Erwägung, das Hindernis aus dem Weg zu räumen oder dafür zu sorgen, dass das Hindernis von selbst verschwand.

Zum wirklichen Konflikt kam es nur, wenn der Stier wahrnahm, dass das Hindernis sich ihm in den Weg stellte, um seine Kräfte mit ihm zu messen. Wenn es also um einen Machtkampf ging. Und wenn das Hindernis sich wieder in den Weg stellte, wenn der Stier einen kleinen Umweg wählte. Wenn der Stier diese Herausforderung zum Kampf spürte, nutzte er all seine Sinne, um die Stärke und die Ziele seines Gegenübers wahrzunehmen. Diese Wahrnehmung ging weit über die körperliche Erscheinung des Gegenübers hinaus. Der Stier betrachtete die Größe, Statur, Energie und Präsenz seines potentiellen Gegners. Er betrachtete Körperhaltung, Mimik, Gestik und Bewegungen des Gegners. Er spürte in seinen eigenen Körper hinein und erforschte die Reaktionen, die die Präsenz des Gegners in ihm auslöste. Er nahm auf diese Weise viele Eigenschaften des Gegners wahr und erstellte sich ein umfassendes inneres Bild von ihm und seinen Absichten.

Nicht selten geschah es dabei, dass der Stier um den Gegner herum noch einzelne andere Kräfte oder auch eine ganz Armee machtvoller Geister wahrnahm. Diese konnten sich in der Form menschlicher oder tierischer Körper zeigen oder auch in der Form von kaum sichtbaren Kraftfeldern. Manchmal schien der Gegner mit diesen Kräften verbunden zu sein und mit ihnen zu kommunizieren. Manchmal jedoch schienen diese Wesen und Kräfte dem Gegner völlig unbekannt zu sein, und es erweckte den Eindruck, als ob der Gegner von diesen Kräften stark beeinflusst, teilweise sogar komplett gesteuert wurde. Der Stier nahm all dies innerhalb kürzester Zeit wahr und machte sich augenblicklich einen umfassenden Eindruck.

Erschien ihm der Gegner als übermächtig, vermied der Stier einen Kampf und wählte einen Umweg, um sein Ziel zu erreichen. Erschien der Gegner gleichstark, erwog der Stier einen kleinen Umweg, riskierte aber einen Kampf, wenn der Gegner sich wiederholt in seinen Weg stellte. Erschien der Gegner schwächer, ging der Stier unbeirrt, aber sehr aufmerksam seinen Weg und räumte den Gegner weg, wenn dieser sich nicht von selbst verzog.

Für den Stier waren die kleineren und größeren Kämpfe ein ganz natürlicher Bestandteil seines Lebens. Er prahlte nicht mit seinen Siegen, war sich dieser aber stets bewusst. Er bestritt auch seine Niederlagen nicht, wenn sie bekannt wurden, denn er war sich immer bewusst, dass es in der weiten Welt Wesen geben würde, die stärker und mächtiger waren als er selbst. Daher weinte er seinen Niederlagen keine Träne nach.

Bei allem, was er tat, war dem Stier seine eigene Unversehrtheit das oberste Gebot. Nie im Leben wollte er eine Verletzung oder gar seinen Tod riskieren, wenn es einen ungefährlicheren Weg zu seinen Zielen gab. Doch immer hielt der Stier an seinen Zielen fest, nie gab er seine Träume und Wünsche auf. Denn diese waren für ihn untrennbare Bestandteile seiner selbst. So, wie kein Mensch daran zweifelte, dass seine Arme und Beine zu ihm gehörten, so empfand der Stier seine Wünsche, Träume und Ziele als Teil seiner Existenz, als etwas sehr Körperliches, als untrennbare Aspekte seines Seins.

Je mehr sich Ananda mit dem Stier beschäftigte, desto mehr spürte er die Weisheit, die in dessen Verhalten steckte. Der Stier erdachte sich nicht irgendwelche Konzepte, an die er sich hielt, er ließ sich nicht beeinflussen von irgendwelchen Gurus, die sagten, er müsse sich auf die eine oder die andere Weise verhalten, um stark zu wirken, mächtig zu sein, viel Geld zu verdienen oder ein charismatisches Wesen zu werden. Der Stier verhielt sich ganz natürlich nach seinem inneren Gespür, seinen Wahrnehmungen und Impulsen. Er tat, was er tun musste. Er tat, was er tat. Er lebte das Leben so, wie es sich für ihn richtig anfühlte.

Diese Natürlichkeit wirkte auf Ananda stark, selbstbewusst, gelassen und mächtig. Und sehr herzlich gleichermaßen. Es gab nichts Gekünsteltes, nichts Aufgesetztes an dem Verhalten des Stiers. Er verhielt sich ganz authentisch. Unbeeindruckt sicher in seiner Erscheinung und seinem Auftreten, stark in seinem Leben und seinem Tun.

Mehrere Tage waren vergangen seit dem denkwürdigen Morgen, an dem Ananda mit unerträglichen Schmerzen aufgewacht war und zum ersten Mal in seinem Leben den Stier wahrgenommen hatte. In diesen Tagen hatte Ananda das Tier als ein eigenständiges, von ihm getrenntes Wesen betrachtet. Doch plötzlich fiel ihm, wie schon an besagtem ersten Morgen, wieder auf, dass der Stier sich nicht vollständig von ihm gelöst hatte, sondern mit seinen Hufen noch immer mit seinem Rücken verbunden war. Der Stier hatte seitdem auch keinerlei Hinweise geliefert, dass er sich vollständig trennen wollte. Er schien fertig zu sein mit seiner Entwicklung und zufrieden mit dem Ergebnis. Und nach den Beobachtungen der vergangenen Tage hätte sich der Stier von Ananda auch niemals in seiner Entwicklung einschränken lassen.

So musste Ananda nun erkennen, dass der Stier ein Teil von ihm selbst war. All die Eigenschaften und Verhaltensweisen, die er am Stier beobachtet hatte, gehörten zu ihm selbst. Der Stier war ein Teil von ihm! Ein zufriedenes, wissendes Lächeln zeichnete sich in Anandas Gesicht: Er war der Stier! Dieser starke, gelassene, zufriedene, mächtige schwarze Stier mit dem stolz erhobenen Haupt und dem festen, selbstsicheren Blick. Und den großen, schönen Hörnern, die ihm angemessenen Respekt verschafften.

Die Stärke und Gelassenheit des Stiers, so spürte Ananda immer deutlicher, war begründet in seiner Verbundenheit mit der Natur, seiner großen Herzlichkeit und einer Weisheit, die er aus der Tiefe seiner Natürlichkeit schöpfte.

Die neu gewonnene Stärke beflügelte Ananda in seinen Plänen. Meistens. Es gab jedoch Situationen, in denen der Stier zu stark für Ananda schien. Sicher – der Stier war ein Teil von ihm und die Stärke war die Stärke Anandas. Aber manchmal drohte er unter dem Stolz und der Stärke des Stiers zusammenzubrechen. Besonders belastend wurde dies, wenn Anandas Mitmenschen ihm das Leben schwer machten. Wenn sie ihre Machtpositionen ausspielten und ihn spüren ließen, dass sie mächtiger und wichtiger und selbstbewusster waren. Bisher hatte sich Ananda in diesen Momenten immer klein und minderwertig gefühlt und diese Gefühle eine ganze Zeit ertragen. Es blieb ihm dann nichts anderes übrig als abzuwarten, bis der Schmerz der Demütigung wieder nachließ. Nach einer Weile wurden die bedrückenden Gefühle schwächer und Ananda fühlte sich wieder besser.

Nun aber hatte der Stier etwas dagegen, wenn irgendjemand Ananda demütigte oder ihn zu manipulieren versuchte. Der Stier fühlte sich dann in seinem Stolz verletzt und wurde wütend. Denn es war dem Stier sehr wichtig, seine ihm angeborene starke Position einzunehmen, zu behaupten und zu verteidigen. Angriffe gegen seine Autorität und Stärke riefen unmittelbare Reaktionen des Stiers hervor, die dafür sorgten, dass seine Position wieder hergestellt wurde. Dieses Verhalten war für Ananda ungewohnt und neu und anfangs versuchte er, die Wut des Stiers zu verdrängen oder – wenn das nicht mehr ging – zu besänftigen. Der gutmütige und gutgläubige Ananda wollte noch immer die Harmonie mit seiner Umwelt wahren und das bedeutete oft, dass er sich unterordnete und demütigen ließ. Dies jedoch widerstrebte dem Stier über die Maßen. Der Stier in Ananda wurde stärker und stärker. Ananda hatte keine Chance mehr, dieses Wesen in sich zu ignorieren. Denn der Stier verschaffte sich unmissverständlich Gehör. Und er wusste genau, wie er Anandas Aufmerksamkeit gewinnen konnte: indem er ihn mit unerträglichen Rückenschmerzen peinigte.

Manchmal wünschte sich Ananda zurück in seine Kindheit, als er das Leben noch nicht als Kampf, sondern als eine herrliche Gelegenheit für Abenteuer und Entspannung erlebt hatte. Der kleine Ananda war sehr naturverbunden – soweit er dies in den spärlichen Parks der Stadt erleben und ausleben konnte –, liebte auch die engen Gassen und alten Gemäuer der Stadt, die ruhigen, abgelegenen Winkel und die belebten Plätze, lebte jeden Augenblick in voller Hingabe und war wunschlos glücklich. Er war mit sich, seinen Mitmenschen, der Natur, der Stadt, der ganzen Welt zufrieden und fühlte sich mit allem so verbunden, als ob sie und er Teile eines einzigen Wesens wären. Irgendeine Art von Trennung empfand er als Kind noch nicht.

Erst die Erziehung durch seine Eltern, Lehrer und Professoren sowie die Beeinflussung durch Medien, Vorgesetzte und andere Autoritätspersonen brachten das Getrenntsein in Anandas Weltbild. Seine Umwelt wies ihn immer wieder und mit immer größerem Nachdruck darauf hin, dass er sich von der Umwelt abheben und sich gegen Konkurrenten zur Wehr setzen müsste. Als Kind hatte Ananda nie das Bedürfnis verspürt, sich abzugrenzen, und er hatte auch seine Mitmenschen nie als Konkurrenten erlebt. Doch diese neue, manipulierte Sichtweise spiegelte Ananda überall vor, dass er von der Welt getrennt war und selbst alles tun müsste, um sich zu trennen. Mit der Zeit hatte er diese Sichtweise übernommen und sie hatte sich fest in seinem Unterbewusstsein eingenistet, so dass er keinen bewussten Zugang mehr zu ihr hatte – und sie somit auch nicht mehr bewusst aus seinem Leben werfen konnte. Die Trennung wirkte unbemerkt im Dunkeln seiner Existenz und mehr und mehr trennte Ananda sich von sich selbst, seiner Quelle, seinen Wünschen und Träumen. Bis zu dem Zeitpunkt, als er jeden Zugang zu seinem tiefsten Kern verloren hatte.

Ananda wusste nicht mehr weiter. Lange hatte er sich nun mit sich selbst beschäftigt. Hatte in sich gesucht, was ihn hinderte, ein zufriedenes Leben zu leben. Ihm war bewusst geworden, wie sehr ihn das Leben in der Stadt einschränkte. Schmerzlich hatte er erfahren, dass es eine andere, eine bessere Welt gab, die er an jenem denkwürdigen Tag gesehen hatte, jedoch nicht betreten durfte. Über die er nicht einmal reden durfte, ohne sich selbst zu gefährden. Er hatte nachgeforscht, ob es Gleichgesinnte – Sehende – in der Stadt gab, die ebenfalls von der anderen Welt wussten, und er hatte sie in einer alten Legende aufgespürt: die Nomilen. Intensiv hatte er daraufhin nach diesen besonderen Menschen gesucht und er war sich ziemlich sicher, sie gefunden zu haben. Sechs von ihnen. Der siebte, wenn es ihn denn gab, fehlte ihm noch.

Genau zu dem Zeitpunkt, als er die sechs Nomilen gefunden hatte, war sein Interesse an der weiteren Suche – aus einem ihm bisher schleierhaften Grund – geschwunden. Statt weiter zu suchen, war er in einen tiefen Traum gefallen, hatte sich wieder mehr mit sich selbst beschäftigt und war, völlig unerwartet, seinem Stier begegnet.

Was hatte all das zu bedeuten? War Ananda am Ende doch einfach nur verrückt geworden, weil er seinen langweiligen Alltag und das Stadtleben nicht mehr ertragen konnte? Er konnte sich sehr gut vorstellen, dass das Sehen der anderen Welt sein emotionales Fass zum Überlaufen gebracht hatte. Das Fass war ein Ebenbild seines Aushaltens. Das Aushalten der lebensunwürdigen Bedingungen in der Stadt. Er war schon lange an der Grenze dessen angelangt, was er noch ertragen konnte. Schon lange hatte ihn das Stadtleben so sehr belastet, dass er oft keinen anderen Ausweg mehr sah, als sich das Leben zu nehmen.

Irgendwie hatte er es dennoch immer wieder geschafft, sich von der Grenze zwischen Leben und Tod zu entfernen. Er hatte Wege gefunden, dieses unwürdige Leben weiter zu ertragen, Unterdrückungen und Demütigungen durch die schwierigen Lebensbedingungen und die skrupellosen Mächtigen der Stadt auszuhalten. Wie hatte er das geschafft? Hoffnung! Die Hoffnung auf ein besseres Leben. Die Hoffnung, dass er es einmal besser haben würde, wenn er pflichtbewusst alle Regeln der Stadt befolgte, ein guter Bürger und Arbeiter war und den Mächtigen der Stadt gefiel. Dann würde er alle Voraussetzungen erfüllen, um ein glückliches Leben in einer schöneren, bunteren, aufregenderen Welt zu leben. Im Paradies. In der anderen Welt.

Die Hoffnung auf die andere Welt hatte ihn alles aushalten lassen. Er hätte alles getan, um diese Welt zu sehen. Eine Welt, die sehr weit weg sein musste und sicherlich sehr schwer zu erreichen war. Nur eine kleine Anzahl von Auserwählten, die besten Bürger der Stadt, würde jemals die Chance haben, die andere Welt zu sehen.

Und dann kam der Tag, als Ananda ganz zufällig an

dem Stadttor vorbeigekommen war, das eben von einem der Wachsoldaten einen Spalt weit geöffnet wurde. Und durch den Spalt hatte er einen Blick aus der Stadt hinaus erhascht. Er hatte überwältigend deutlich die Welt außerhalb der Stadtmauern gesehen, die andere Welt, sein Paradies! Das Paradies lag direkt vor ihm! Nur einen Steinwurf von ihm entfernt! Es war also keine Frage der Entfernung, das Paradies zu erreichen. Es war auch keine Frage eines wohlgefälligen Lebens, das ihn an das Ziel seiner Träume bringen konnte. Er musste einfach nur die Stadtmauern überwinden. Das war alles! Wie lange hatte er sich durch das Leben gequält, stets in der Annahme, sein Paradies sei unendlich weit entfernt und für ihn unerreichbar – oder nur mit größter Anstrengung, strengster Disziplin und extremer Anpassung und Unterordnung?!

Die Erkenntnis, dass sein Paradies direkt vor der Tür lag und er einfach nur die Stadtmauern überwinden musste, um sein Lebensziel zu erreichen, hatte Ananda dermaßen aus der Bahn geworfen, dass er in eine tiefe Trance gefallen war. Erst hatte er sein Leben noch einigermaßen gut zusammenhalten können, indem er aktiv geworden war mit der Suche nach Informationen über die andere Welt und die Nomilen. Doch am Ende dieser Suche, als er bereits sechs der sieben Nomilen gefunden hatte – jedenfalls war er davon überzeugt –, an diesem Punkt war sein Schock über das Sehen der anderen Welt zurückgekommen, diese unermessliche Erschütterung seines bisherigen Weltbildes. Und er war noch tiefer eingetaucht. In den Traum von sich selbst und seinem schwarzen Stier.

Nun erwachte Ananda langsam aus der Trance. Was sollte er jetzt tun? Wie hing all das zusammen, was er erlebt hatte? Was sollte er anstellen mit seinen Erfahrungen und Erkenntnissen über sich selbst, das Stadtleben, die andere Welt, die Nomilen?

Er grübelte. Seine Gedanken drehten sich im Kreis und er kam keinen Schritt voran, fühlte sich überfordert und unfähig, weil er trotz all seiner Einsichten nicht wusste, was er tun sollte.

Plötzlich fühlte Ananda einen Tritt in seinen Rücken. Als er sich umdrehte, um zu sehen, woher der Tritt kam, sah er nichts. Als er jedoch seinen Kopf weiter nach hinten drehte, blickte er in das zornige Gesicht des Stiers. Ananda spürte augenblicklich, was der Zorn des Stiers bedeutete: Er hatte genug von Anandas Selbstmitleid! Ihm war sein Grübeln und sein Verharren in der Opferrolle zuwider. Er machte Ananda deutlich, dass er weit mehr tun konnte, als die herrschenden Lebensbedingungen einfach nur zu ertragen und sich selbst zu bedauern, ein Opfer dieser Bedingungen zu sein.

Der Stier forderte von Ananda, sein Leben selbst in die Hand zu nehmen. Selbst dafür zu sorgen, dass er seinen Lebenstraum verwirklichte. Die Lebensbedingungen zu ändern, wenn sie ihm im Weg standen. Hindernisse aus dem Weg zu räumen. Und endlich die verdammte Passivität aufzugeben, die sein bisheriges Leben bestimmt und die ihn klein und abhängig gehalten hatte. Die ihn die unerträglichen Bedingungen des Stadtlebens und die Unterdrückung und Demütigung durch die Mächtigen der Stadt aushalten ließ.

Damit war jetzt Schluss! Das war die unzweideutige Botschaft des Stiers, als er Ananda zornig in den Rücken getreten hatte. Ananda wusste im selben Augenblick, dass er sein Leben nun anders gestalten musste, dass er aktiv werden musste. Denn der Stier war sein ständiger Begleiter geworden. Mit dem Erscheinen des Stiers war eine neue Kraft in sein Leben getreten. Eine Kraft, die er nicht mehr ignorieren konnte. Der Tritt des Stiers war unmissverständlich: »Ändere dich, Ananda! Stehe zu deinen Wahrnehmungen und Weisheiten, die du in den vergangenen Wochen und Monaten gesammelt hast! Du bist nicht mehr irgendein beliebiger Bürger dieser verdammten Stadt! Du bist Ananda, der Auserwählte, der Stier, der Toro!«

Der Toro!!! Der Toro???

Ananda wurde auf der Stelle leichenblass. Das Blut wich ihm aus Kopf und Gliedern. Wild durchströmte ihn ein bald glutheißer, bald eiskalter Schauer. Der Toro? Er? Ananda?

Die Vorstellung, er sei die zentrale Person in einem Kampf zwischen den Mächtigen der Stadt und den noch im Geheimen operierenden Nomilen, brachte Ananda körperlich vollends aus dem Gleichgewicht. Seine Beine waren in einem Moment schwer wie Blei, im nächsten weich wie Wachs an einem heißen Sommertag. Er schwankte und suchte Halt an der Stadtmauer, an der er soeben entlangging. Benommen und völlig überwältigt lehnte er sich mit dem Rücken an die Wand und ließ sich Stück für Stück in die Hocke sinken, bis er schließlich zusammengekauert und mit dem Rücken an die Mauer gelehnt auf dem staubigen Boden saß.

Oft, sogar sehr oft hatte sich Ananda eine entscheidende Wende in seinem Leben gewünscht. Er hatte sich gewünscht, dass etwas Aufregendes geschehen würde, eine bedeutende Veränderung, die seinem Leben einen Hauch von Abenteuer und das Ende der Langeweile brachte. Er hatte diese Hoffnung nie aufgegeben und sich die große Wende in seinem Leben stets bunt und aufregend ausgemalt. Nun war die Wende da. Doch Ananda fühlte sich weder glücklich noch erleichtert, dass sich sein Wunsch erfüllt hatte. Er fühlte sich überwältigt und körperlich zu schwach, um wieder aufzustehen. So hockte er dort an der Stadtmauer und gab sich ganz dem Gefühl der Schwäche hin. Im Umgang mit seinem Stier hatte er oft genug erfahren, dass Hingabe und Vertrauen ihm wesentlich mehr einbrachten als Kampf und Zweifel. Also gab er sich hin und ließ alle Versuche fallen, sich gegen die Schwäche aufzulehnen.

Er war der Auserwählte, der Toro, der große Stier, der fehlende siebte Nomile, die entscheidende Figur in einer Revolution, die die Welt verändern würde! Er, Ananda! Der sich selbst immer für minderwertig, langweilig, angepasst, unterwürfig, hilflos und schwach gehalten hatte. Wie konnte das zusammenpassen? Der schwache Ananda sollte nun plötzlich der starke Toro sein?

Ananda ließ sein bisheriges Leben vor seinem inneren Auge vorbeiziehen und sah, dass seine Anpassung und seine Schwäche eine perfekte Tarnung waren, um nicht als Nomile – ja sogar als der große Toro – entdeckt zu werden. Ananda erkannte, dass sein bisheriges Leben die Zeit der Reifung war, dass er diese lange Zeit gebraucht hatte, um seine wahre Bestimmung zu finden. Und es war sicherlich auch eine Zeit der Prüfung, in der er sich bewähren musste. Denn er war sich sicher, dass ihn die Nomilen bereits eine lange Zeit, vielleicht sogar schon seit seiner Geburt, beobachtet und beschützt hatten. Ihm fiel die brenzlige Situation bei der Arbeit ein, als ihn sein Kollege vor dem Chef verraten und für verrückt erklärt hatte, dieser Kollege daraufhin versetzt wurde und sein Chef die Anschuldigungen gegen Ananda ohne jede weitere Untersuchung fallen ließ. Hatten die Nomilen – natürlich im Geheimen – ihren großen Einfluss geltend gemacht und den Chef zu diesen Schritten veranlasst, um Ananda ungeschoren davonkommen zu lassen? Sicherlich waren sie nicht unbeteiligt gewesen, da war sich Ananda sehr sicher.

Irgendwie spürte Ananda eine starke Verbindung zum Geheimbund der Nomilen, so, als würde er die Nomilen, ihr Wissen und ihre Rituale bereits seit langer Zeit kennen. Ananda konnte nicht in Worte oder Gedanken fassen, warum sie ihm so vertraut waren. Er hatte jedoch das sichere Gefühl, dass er selbst ein Nomile war. In jeder Zelle seines Körpers fühlte es sich so an, als hätte er schon sein ganzes Leben lang in der Gemeinschaft der Nomilen verbracht.

Allmählich erholte sich Anandas Körper wieder und füllte sich mit der Kraft des Stiers, der scheinbar eine ganze Zeit lang abgetaucht war. Um zu sehen, wie es dem Stier ging, drehte sich Ananda zu ihm um, und schaute in ein gelassenes, ruhiges und starkes Gesicht. Der Stier war die ganze Zeit sehr präsent gewesen, hatte jedoch seine Kraft ganz bewusst zurückgehalten, um Ananda den Augenblick der Überwältigung ungehemmt erleben zu lassen. Er wollte, dass sich Ananda für den Rest seines Lebens kristallklar und tief an diesen Augenblick erinnerte, als er erfuhr, dass er der Auserwählte war, der große Toro.

Nachdem Ananda die letzten Wochen damit verbracht hatte, den Stier in sein Leben zu integrieren, stand er nun vor der Aufgabe, sich ganz und gar damit anzufreunden, ein Auserwählter zu sein. Was würde sich in seinem Leben ändern? Was würde sich an seinen Beziehungen zu sich selbst, dem Leben, seinen Mitmenschen ändern? Wie würde er das Leben nun erleben? Würde er sein Leben nun als sinnvoll und lebenswert betrachten? Welche Aufgaben würde er in Zukunft zu erfüllen haben? Würden ihn seine Aufgaben dermaßen in Anspruch nehmen, dass von seinem jetzigen Leben nichts mehr wiederzuerkennen war? Würde er noch ein eigenes Leben haben? Oder musste er seine Individualität, seine eigenen Wünsche und Träume opfern, um seine Rolle als Toro zu erfüllen?

All diese Fragen rasten Ananda durch den Kopf und er fragte sich, wer ihm bei der Beantwortung dieser Fragen helfen konnte. Gab es für ihn überhaupt Hilfe? Gab es Menschen, denen er sich offenbaren konnte? Oder war er, der Auserwählte, so allein auf der Welt, dass er alles allein herausfinden und alle Aufgaben selbst meistern musste? War er so einzigartig, dass er von nun an alles allein tun musste? Erwartete die Menschheit von ihm, dass er ganz allein die Welt verändern würde?

Mehr und mehr Fragen, für die Ananda keine Antworten fand. Er entschloss sich, nicht weiter nach Antworten zu suchen. Er akzeptierte, dass er zum jetzigen Zeitpunkt ratlos war, und vertraute darauf, dass ihn die Weisheit seines Körpers leiten würde. So erhob er sich vom Boden, säuberte seine Hose vom Staub, stieß sich mit dem Rücken von der Stadtmauer ab und setzte seinen Spaziergang entlang der Mauer fort. Die Sonne schien warm und hell auf ihn herab und Ananda genoss die Stille und Wärme des Augenblicks.

Ananda wusste nicht, was er zu tun hatte, wie er sein Leben ändern musste, mit wem er Kontakt aufnehmen sollte. Er ahnte, dass nun alles anders werden würde, doch er wusste nicht, wie aktiv er selbst die Veränderung herbeiführen musste. Würden die Nomilen Kontakt zu ihm aufnehmen? Oder musste er den Kontakt mit den Nomilen herstellen? Musste er sich auf das erste Zusammentreffen vorbereiten oder war er vorbereitet genug? Ananda war klar, dass die Nomilen große Erwartungen in ihn setzten und er diesen Erwartungen gerecht werden musste.

Plötzlich dämmerte ihm jedoch, dass er dabei war, in die gleiche Falle zu tappen, die sein bisheriges Leben bestimmt hatte: Er spürte wieder den enormen Druck, den Erwartungen der anderen gerecht zu werden. Er spürte den Druck, ein bestimmtes Bild darstellen zu müssen, ein perfekter Mensch zu sein – der perfekteste Mensch, den es je gab. Denn er war doch nicht umsonst der Toro, der Auserwählte. Musste der nicht ein perfekter Mensch sein, um die Aufgabe zu erfüllen, die er zu tun imstande war?

Ananda spürte, wie sehr er sich wieder am Außen, an seiner Umwelt, ausrichtete. Doch er fühlte nun immer stärker und stärker, dass die Zeit für eine wirklich einschneidende Wende in seinem Leben gekommen war. Er selbst musste sein Leben in die Hand nehmen und nach seinen eigenen Regeln leben. Es gab für ihn keine Instanz mehr, die ihm das Denken und Planen, die Ziele und Wünsche, die Aufgaben und sein Verhalten vorgaben. Er, der Auserwählte, hatte die Aufgabe und Chance, aus all den Verstrickungen des Lebens herauszutreten und ein anderes Leben zu leben, sein eigenes Leben. Nur so würde er seine große Aufgabe erfüllen können.

Es gab keinen anderen Weg: Er, Ananda, der Toro, musste seinen eigenen Weg gehen, seinen eigenen Gesetzen, Wünschen, Träumen und Erwartungen folgen und ihnen gerecht werden. Dadurch würde er sich abheben von allen anderen Menschen in dieser Stadt. Erst dadurch würde er als der Auserwählte sichtbar werden.

Selbst die anderen sechs Nomilen waren diesen Schritt nicht gegangen und versteckten sich vor der Öffentlichkeit und den Mächtigen der Stadt. Sie unterwarfen sich damit den Gesetzen der Stadt, die ihnen das Anderssein verboten. Damit wurden sie den Gesetzen gerecht. Den Gesetzen, die sie selbst als unrecht und falsch längst entlarvt hatten. Sie wurden ungerechten Gesetzen gerecht. Darin steckte das Dilemma. Darin steckte die Ursache, dass die Nomilen in ihrer langen Geschichte noch nichts Entscheidendes an den erbärmlichen Lebensbedingungen der Stadt verbessert hatten. Die Anpassung und Unterwerfung hielt sie im Verborgenen – und in der Schwäche.

Doch nun war der Toro gekommen, der dieses Elend ein für alle Mal beenden würde!

Ananda durfte sich zum allerersten Mal ein Leben nach seinen Wünschen ausmalen und ihm wurde, laut Legende, die Macht zugesprochen, dies auch in die Tat umzusetzen.

Ganz aufgeregt und mit kindlich unschuldiger Lust begann Ananda, dieses Wunschleben in Gedanken lebendig werden zu lassen: Das Leben sollte Spaß machen und abenteuerlich sein, er würde es mit Spielen verbringen, mit Freunden, in kleinen und großen Gemeinschaften, mal allein, mal zu zweit mit der Liebsten, mal in größeren Gruppen, mal leise und ruhig, mal mit lauter Musik und wildem Tanz, mal als einfaches Leben – abgeschieden und allein in der Natur –, mal als städtisches Leben mit Kultur, Politik, gesellschaftlichen Ereignissen sowie gutem Essen und Trinken. Und das Leben sollte sich ständig entwickeln, sich verändern, sich bewegen und sich immer mehr dem Frieden und der Liebe zuwenden. Die Menschen sollten sich gegenseitig unterstützen, offen und ehrlich miteinander umgehen, auch mal unterschiedlicher Meinung sein und sich vielleicht auch streiten – aber immer gewaltlos – und sich danach wieder vertragen, ihre Konflikte gemeinsam ergründen und in ihnen das Gute für ihre weitere Entwicklung entdecken. Konflikte würden verstanden werden als Situationen, die auf einen Missstand hinwiesen. Das gemeinsame Interesse der Menschen wäre es, die Missstände aus der Welt zu räumen, um die Welt lebenswerter zu machen. Um das Leben jedes einzelnen und aller Gruppen und Gemeinschaften zufriedener zu machen.

Ananda stellte sich ein Leben vor, dass sowohl spielerisch als auch ernsthaft war. Die Menschen würden das Leben ernst nehmen, weil sie wussten, dass es irgendwann vorbei war. Sie würden sich selbst, ihr Verhalten, ihre Sorgen und Nöte, aber auch ihre Lust, ihre Wünsche und Träume sehr ernst nehmen. Sie würden nicht einfach darüber hinweggehen, wenn sie sich von Herzen wünschten, mehr Zeit mit ihrer Familie zu verbringen, aber ihre Arbeit sie dazu zwang, mehr und mehr Zeit an der Arbeitsstelle zu bleiben. Sie würden diesen Missstand als Konflikt zwischen ihrem Wunsch und den Erwartungen ihrer Umwelt an sie wahrnehmen, und sie würden alles dafür tun, diesen Konflikt zu lösen. Sie würden beispielsweise versuchen, einen Teil ihrer Arbeit zu Hause zu erledigen. Oder sie würden vereinbaren, dass die Familie jederzeit zu ihrer Arbeitsstelle kommen könnte. Jeder Mensch würde sich selbst und seine Mitmenschen sehr ernst nehmen, alle individuellen Wünsche würden mit Respekt behandelt, jeder würde versuchen, die eigenen Wünsche zu erfüllen und den Mitmenschen bei der Erfüllung ihrer Wünsche zu helfen oder ihnen zumindest nicht dabei im Wege zu stehen.

Ananda schwebte geradezu, wenn er von seinem neuen Leben träumte. Doch noch immer war er eingebunden in das Leben der Stadt und konnte den täglichen Einschränkungen bisher nicht entgehen. Er hasste jeden Moment, den er nicht frei und unabhängig leben und erleben konnte. Er hasste, wenn er durch die noch vorherrschenden Lebensbedingungen an Orte und Zeiten gefesselt war, zum Beispiel an seinen Arbeitsplatz und an die festgelegten Arbeitszeiten. Noch hatte er nicht die Macht – oder er nutzte sie nicht –, jederzeit seinen Arbeitsplatz zu verlassen, wenn er dazu Lust hatte, und Dinge zu tun, die ihm mehr Spaß machten und die der Erfüllung seiner Träume dienten. Sicher, die Arbeit wurde entlohnt und von seinem Geld bezahlte er Wohnung, Essen, Geschenke und andere Dinge, die ihm gut taten und die leider alle Geld kosteten. Doch Ananda hatte die Erfahrung gemacht, dass er sehr viel mehr Arbeit leistete, wenn er sich ganz frei einteilen konnte, wo und wann er arbeitete. Er würde nicht weniger Arbeitsleistung erbringen, wenn er weniger Zeit an seinem Arbeitsplatz verbrachte. Er war sich sicher, dass er sogar mehr leisten konnte, wenn ihm seine Chefs endlich erlauben würden zu arbeiten, wo und wann er wollte. Obwohl sicherlich auch seine Chefs einsahen, was Ananda leisten konnte, wenn er alle Freiheiten bekam, die er sich wünschte, taten sie alles, um sein Streben nach Freiheit zu unterbinden. Die tägliche Trennung zwischen den Orten, an denen sich Ananda am liebsten aufhielt, und der Arbeitsstelle, an der er seine Arbeit zu verrichten hatte, diese Trennung fraß sich zunehmend in Anandas Körper. Er fühlte sich nicht zu Hause, nicht verbunden mit sich, mit der Natur, mit den Orten, die ihm gefielen und die ihm gut taten. Er wurde gezwungen, seine Arbeit an einem festen Platz zu erledigen. Ansonsten müsse er sich eine andere Arbeit suchen, sagten ihm seine Chefs – ohne jedes Einfühlungsvermögen und ohne jedes Verständnis, was sie Ananda damit antaten.

Ananda wusste genau, dass ihn Bewegung und die Arbeit an wechselnden Orten – in der Natur, in Cafés, zu Hause, egal wo – in seiner Kreativität und Produktivität beflügelten. Er fühlte sich verbunden mit sich und der Welt, wenn er sich frei bewegen konnte, wenn er selbst wählen durfte, wo er seine Arbeit tat. Für seine Tätigkeit war es unwichtig, wo er sich befand, denn er, seine Kollegen und Chefs waren alle verbunden über das in der gesamten Stadt verfügbare Kommunikationsnetzwerk. Unabhängig davon, wo sie waren: Sie waren ständig verbunden! Die meisten Tätigkeiten konnten zeitunabhängig erledigt werden, so dass es unwichtig war, ob er morgens, mittags, abends oder nachts arbeitete. Die Ergebnisse konnte er jederzeit abliefern, jeder konnte in seiner ihm eigenen Geschwindigkeit arbeiten.

Ananda schöpfte Hoffnung: Konnte er erreichen, dass er schon jetzt – und trotz der rigiden Regeln des Stadtlebens – mehr Freiheiten bekam, um sich in zunehmender Unabhängigkeit auf sein Wirken als Toro vorzubereiten? Zumindest konnte er seine Vorgesetzten fragen, ob diese ihm mehr Freiheit gewährten. Ananda würde ihnen darlegen, warum er diese Freiheit brauche, und ihnen den unmittelbaren Nutzen für sie selbst deutlich machen. Ananda hatte jedoch große Angst, dass seine Vorgesetzten »Nein« zu seinem Vorschlag sagten. Verflixt! Er wollte unbedingt – und sofort! – mehr Freiheit haben! Er musste es versuchen …

Ananda durchfuhr es wie ein Blitz. Was hatte er gerade geplant? Dass er zu seinen Chefs ging und sie um Erfüllung eines Wunsches bat? Er, der Toro, würde unterwürfig und demütig mit einer Bitte an einen anderen Menschen dieser Stadt herantreten? Er, der Auserwählte, der zukünftige Befreier dieser Stadt, die Hoffnung von Generationen von gedemütigten Menschen? Allein die Vorstellung, der Toro würde sich einem anderen Menschen derart unterordnen, wirkte lächerlich auf Ananda, und er musste herzlich darüber lachen. Konnte er nicht einfach seine Chefs darüber informieren, dass er von nun an seine Arbeit erledigen würde, wo immer und wann immer er es für richtig hielt? Musste er überhaupt noch diese Arbeit tun? Hielt er selbst denn die Arbeit, die seine Chefs ihm auftrugen, noch für sinnvoll und interessant? War es nicht an der Zeit, dass er, der Toro, sich selbst seine Arbeit aussuchte und genau das wählte, was er für sinnvoll, spannend und lustvoll hielt?

Ananda, der Auserwählte, war an einem entscheidenden Punkt in seinem Leben angekommen: Endlich konnte er wählen zwischen einem Leben, das er selbst bestimmte, und einem Leben, das an den Erwartungen und Zielen anderer Menschen orientiert war. Er hatte die Wahl! Und nun – nach allen Erfahrungen und Erkenntnissen der vergangenen Monate – würde er diese Wahl ganz bewusst treffen. Er konnte nicht mehr zurück in die Zeit, als ihm so vieles nicht bewusst war. Er nahm jetzt so viele Dinge wahr und konnte diese auch nicht mehr verdrängen. So, wie er seine Entscheidung zwischen einem selbstbestimmten und einem fremdbestimmten Leben nicht mehr verdrängen und aufschieben konnte.

Anandas Wahl war längst getroffen – instinktiv, sofort,

körperlich spürbar. Er entschied sich für ein selbstbestimmtes Leben, ein Leben, das er selbstständig und frei meistern würde, in dem er Verantwortung für sich und die Seinen übernahm und für seine Wünsche, Träume und Handlungen. Er fühlte sich als Toro dazu berufen, ein höchst individuelles und unabhängiges Leben zu führen. Und er freute sich darauf.

Die ersten Schritte, die Ananda auf seinem neuen Weg wagte, ließen ihm oftmals die Knie weich werden. Zweifel meldeten sich, ob er genug Kraft und Durchhaltevermögen besaß, seinen eigenen, unabhängigen Weg zu gehen. Ananda bemerkte, wie sehr sich seine Mitmenschen über den neuen Ananda wunderten, sich Gedanken über seine möglichen Absichten machten und Gerüchte in die Welt setzten. Doch anders als beim Gerücht, er wäre verrückt geworden oder hätte sich des Verrats an den Mächtigen der Stadt schuldig gemacht, reagierte er dieses Mal anders. Hatte er damals Angst um Leib und Leben gehabt, so nahm Ananda nun die Gerüchte als Notwendigkeit auf seinem Weg wahr. Auf diese Weise brauchte er sich keine Gedanken mehr darüber zu machen, ob er den Kontakt zu den Nomilen aufbauen sollte. Er wusste, dass die Gerüchte über ihn die Nomilen erreichten. Und auf diese Weise war dafür gesorgt, dass diese ihn als den fehlenden siebten Nomilen, den Toro, ihren zukünftigen Anführer, erkennen mussten. Denn nie hatte ein Stadtbewohner gewagt, so offen und konsequent seine eigenen Ziele zu verfolgen und damit den Mächtigen der Stadt zu zeigen, dass sie keine Kontrolle mehr über ihn hatten. Immer war bis zu diesem Tag die Angst das stärkste Druckmittel gegen jede Art von Aufbegehren gewesen. Die Menschen hatten ständig Angst: Angst, erkannt zu werden, Angst, angeklagt zu werden, und Angst, verurteilt und hingerichtet zu werden.

Ananda hatte nun die Angst bewusst in Kauf genommen

und sich geschworen, sich von ihr nicht leiten, sich von ihr nicht von seinem Weg abbringen zu lassen.

Die Gerüchte um Ananda wurden stärker. Immer häufiger hörte er murmeln, ob denn wahr wäre, was man sich erzählte. Es wurden Andeutungen gemacht oder es wurden ihm bedeutungsvolle Blicke zugeworfen. Nur wenige allerdings sprachen ihn direkt an und fragten ihn nach seinem Befinden, seinem veränderten Verhalten oder seinen Plänen. Wenige trauten sich, mit ihm in der Öffentlichkeit zu sprechen, weil sie Angst hatten, mit Ananda in Verbindung gebracht zu werden. Denn offenbar verfolgte Ananda einen Plan. Offenbar tat er Dinge ganz öffentlich, die andere sich nicht einmal im Kreise ihrer engsten Freunde trauten. Aus Angst, sie könnten nicht einmal ihren Freunden voll vertrauen. Aus Angst, dass diese sie verraten würden.

Ananda verhielt sich, wie viele andere es sich ebenfalls wünschten: ganz natürlich, ohne Geheimnisse, ohne sich zu verstecken, seinen eigenen Wünschen folgend – ganz egal, ob er damit irgendwelche Regeln der Mächtigen der Stadt verletzte. Ananda folgte seinem gesunden Menschenverstand und seinem natürlichen Gespür. Was er unsinnig fand, bezeichnete er nun ganz öffentlich als unsinnig. Was er nicht mehr tun wollte, tat er nicht mehr. Wenn er nach seiner Meinung gefragt wurde, sagte er offen und ehrlich seine Meinung. Ohne zunächst genau zu überlegen, ob dies der bisher offiziell gültigen Meinung entsprach oder diese verletzte. Er ließ alle, die es hören wollten, seine Ansichten über das Leben in der Stadt, über sich selbst und auch über die andere Welt, Alambrien, wissen. Er verschwieg nichts mehr. Anfangs trauten sich nur sehr, sehr wenige Mitmenschen, ihn anzusprechen. Und dann auch nur im Geheimen oder in geschützten Räumen. Doch allmählich kamen immer mehr Menschen zu ihm und immer öfter wurde er auch in der Öffentlichkeit ins Gespräch gezogen, was unweigerlich dazu führte, dass sich zunehmend vor aller Augen Menschen um ihn versammelten und seinen Worten lauschten.

Ananda genoss das Interesse an ihm sehr. Erst wunderte er sich darüber, denn zuvor hatte er alles getan, um unerkannt zu bleiben, kein öffentliches Interesse zu wecken und auf keinen Fall bei den Mächtigen der Stadt aufzufallen. Nun aber fühlte er, wie sein öffentliches Auftreten ihm immer mehr Kraft gab und ihn darin bestärkte, seinen Weg weiter zu gehen.

Wo aber waren die Mächtigen der Stadt? Warum stellten sie sich ihm nicht in den Weg? Warum stellten sie ihn nicht zur Rede? Warum wurde er nicht angeklagt und festgenommen? Verurteilt und hingerichtet? Diese Zurückhaltung der Mächtigen der Stadt hatte Ananda bisher noch in keinem anderen Fall erlebt. Immer waren sie beim geringsten Anschein einer Gesetzesübertretung, einer verbotenen Versammlung oder einer Revolte mit der vollen Härte ihrer Macht eingeschritten und hatten diese – in ihren Augen – schädlichen Tendenzen im Keim erstickt.

Seit Tagen hatte Ananda nicht einen einzigen offiziellen Vertreter der Stadt, keinen einzigen der mächtigen Fürsten, gesehen. Nicht einer hatte versucht, mit ihm Kontakt aufzunehmen. Ananda war sich jedoch sicher, dass sie jeden seiner Schritte, jedes öffentliche Auftreten, alles, was er sagte, und alles, was er tat, genauestens verfolgten.

Von Zeit zu Zeit fühlte sich Ananda sehr erschöpft und zweifelte, ob er genug Kraft hatte, seiner Berufung zum Toro zu folgen. In solchen Momenten war er auch skeptisch, ob das bisschen mehr Aufmerksamkeit, das er nun bekam, von Dauer sein würde und ob die Menschen überhaupt an ihm und seinen Zielen interessiert waren. Vielleicht war er auch nur eine kurzzeitige Attraktion, eine willkommene Ablenkung und Abwechslung vom tristen Alltag der Stadt.

Vielleicht würden die Menschen bald wieder das Interesse an ihm verlieren und er bliebe allein zurück als ein unwichtiger, schwachsinniger Außenseiter. Dann würden die Mächtigen der Stadt kommen und ihn, ohne viel Aufsehen zu erregen, aus dem Weg räumen. Ananda hatte schon oft erlebt, wie Menschen an einem Tag zu Stars hochgejubelt wurden, am nächsten Tag in Ungnade fielen, am darauf folgenden Tag Ziel von Hohn und Spott wurden, um schließlich vollständig vergessen zu werden, wenn sie nicht einmal mehr genügend Stoff für den niveaulosesten Klatsch und Tratsch lieferten. Also bildete Ananda sich nicht viel auf seine gegenwärtige Bekanntheit und das große Interesse an ihm ein. Er sonnte sich nicht in Eitelkeit und billiger Selbstsucht, denn er wusste, dass der Rummel um ihn von kurzer Dauer sein konnte. Es sei denn, er brachte es fertig, diesen Rummel, der fast schon ein Kult geworden war, für sich zu nutzen. Er malte sich aus, dass seine zunehmende Bekanntheit ihm für die zukünftigen Aufgaben von großem Nutzen sein konnte.

Ananda überlegte sehr genau, was er als nächstes tun sollte. Dabei vertraute er ganz seinem Gespür. Er spürte, dass sich durch seine vielen Gespräche und öffentlichen Auftritte schon erste Veränderungen andeuteten. Noch waren diese äußerst zarte Pflänzchen. Er brauchte Hilfe, um diese Pflänzchen zu schützen und zu pflegen. Und um weitere Veränderungen anzustoßen. Daher hoffte er, dass sich – neben ihm – weitere Menschen dazu berufen fühlten, die Welt zu verbessern, und sich ihm anschließen und ihm folgen würden. Er hoffte, dass sich endlich auch die Nomilen in irgendeiner Form offenbaren und ihn unterstützen würden.

Der Gedanke an Hilfe von außen tat ihm sofort im Rücken weh. Der Stier meldete sich zu Wort und erinnerte Ananda zum wiederholten Male daran, dass er der Toro, der Auserwählte, sei. Er selbst hatte das Potenzial und die

Pflicht, sich anders zu verhalten. Er war dazu berufen, sich nicht wie die Masse von Stadtbürgern zu verhalten, die sich aus Angst und Gewöhnung den gegebenen Bedingungen demütig anpassten und sich diszipliniert und gesetzestreu verhielten. Bloß nicht anecken! Bloß nicht auffallen!

Ananda aber war aufgerufen, anzuecken und aufzufallen. Er durfte sich nicht wieder von der Angst in die Hilflosigkeit treiben lassen. Ihm war es vergönnt, seinen eigenen Weg zu gehen. Seine immer feinere Wahrnehmung sagte ihm, dass er dies sogar tun musste. Denn keiner – wirklich keiner – konnte ihm seinen Weg abnehmen. Sicher, er würde dann und wann Menschen begegnen, die ihn ein Stück weit begleiteten und ihm auf seinem Weg halfen. Er selbst aber musste von Beginn an die Führung übernehmen, die Richtung vorgeben, mit gutem und starkem Beispiel vorangehen und damit seine Mitmenschen dazu bewegen, ihm zu folgen und ihn zu unterstützen. Auf diese Weise würde sein Tun große Wirkung entfalten. Er würde durch sein Beispiel viele Menschen dazu ermuntern, ebenfalls ihren eigenen Weg zu gehen. Dann ließen sich mehr und mehr Menschen die Unterdrückung durch die Mächtigen der Stadt nicht mehr gefallen. Sie befreiten sich von den Fesseln der Unterdrückung und gingen konsequent ihren eigenen Weg. Sie hätten sehr wahrscheinlich noch immer Angst – zumindest zu Beginn ihres Weges. Doch das lebende Beispiel des Toro würde sie ermutigen, die Angst zu respektieren, sich von ihr aber nicht behindern zu lassen. Die Angst verlor auf diese Weise allmählich ihre demütigende Wirkung und die Menschen lebten auf, entfalteten ihre Lebensträume und halfen sich gegenseitig bei deren Umsetzung. Die Mächtigen könnten dann bei einer genügend großen Zahl unabhängig lebender Menschen die Stadt nicht mehr kontrollieren und müssten schließlich ihre Vormachtstellung aufgeben.

Diese durchaus mögliche Entwicklung existierte bisher nur in Anandas Kopf. Wie sich sein Verhalten konkret auf das Leben in der Stadt und die Freiheit seiner Mitmenschen auswirken würde, das musste er dem Schicksal überlassen. Er konnte diese Entwicklung nicht kontrollieren, dazu war sie zu komplex – und er wollte das auch gar nicht. Denn Kontrolle war das Mittel der Mächtigen der Stadt, die er so sehr kritisierte. Er wollte genau das Gegenteil von Kontrolle: Er wollte allen Wünschen und Träumen, allen Gedanken und allem Tun den nötigen Raum und die nötige Zeit zur ihrer Entwicklung lassen. Alles würde einem ganz natürlichen Prozess folgen. Die Natur selbst würde dafür sorgen, dass die Entwicklung gut verlief und allen zu mehr Freiheit verhalf.

Ananda vertraute der Natur. Sehr weise führte sie ihn auf seinem Weg, warnte ihn, wenn es gefährlich wurde, gab ihm einen Schubs, wenn er sich schneller bewegen sollte, führte ihn nach links, wenn er links hilfreiche Dinge finden konnte, führte ihn nach rechts, wenn ihm links Gefahr drohte und der Weg rechts friedvoller und bequemer war. Ananda erkannte, dass sich der Mensch keinen guten Gefallen getan hatte, als er den Geist und das Denken über die Natur, den Körper und das Fühlen, über das Träumen und über die Seele gestellt hatte.

Ananda hatte in seiner tief greifenden Entwicklung vom angepassten, hilflosen, depressiven Durchschnittsbürger zum auserwählten siebten Nomilen die Macht der Natur und die Weisheit seines Körpers erlebt. Sein Körper hatte ihm das Tor zu seinem Unterbewusstsein geöffnet und dort konnte sich Ananda wieder mit der nährenden Quelle der Natur verbinden, seine Stärke wiederentdecken und sein Potenzial entfalten. Nie hätte er gedacht, dass sein Körper der Schlüssel für seine Entwicklung sein würde. Immer hatte er geglaubt, dass er die Schwächen seines Körpers durch die Stärke seiner Gedanken besiegen müsste. Jetzt konnte er allerdings klar und deutlich sehen, dass der Körper die Verbindung zur Natur und zum Leben war. Und dass er den Körper respektieren und lieben musste, damit er sich sowohl körperlich als auch geistig und spirituell weiterentwickeln konnte. Die Hinwendung zum Körper – zum Wohlgefühl lustvoller Momente und zu den Schmerzen schwieriger Momente – hatte ihm sein Potenzial gezeigt. Dieses Potenzial konnte Ananda nun voll entfalten, indem er Körper, Geist und Seele als Aspekte seiner Ganzheit respektierte, liebte und alle Regungen in ihnen herzlich begrüßte und sich zeigen ließ. Alles, was er wahrnahm, war wichtig! Alle Aspekte baten ihn inständig darum, ernst genommen und geliebt zu werden.

Ananda hatte einen Traum: Er träumte von einem Leben, in dem die Menschen in jedem Moment ihres Lebens zufrieden waren. Sie erfreuten sich bester Gesundheit, ihr Körper fühlte sich flexibel, stark und ausdauernd an. Er gab ihnen das Gefühl, dass sie alles machen konnten, was sie gern taten. Der Körper bedeutete für die Menschen nicht Krankheit oder drohende Krankheit, nicht Schmerzen oder drohende Schmerzen, er stand den Menschen nicht im Weg oder machte ihnen das Leben schwer. Sie wussten, dass ihr Körper ihr Leben war. Sie fühlten sich vollends wohl in ihrem Körper und sie kümmerten sich liebevoll und mit Hingabe um ihn. Sie wussten, dass sie sich sehr verantwortungsvoll um das Wohlbefinden ihres Körpers bemühen mussten, denn ihr Körper war ihre Verbindung zum Leben.

Die Menschen in Anandas Traum lebten sehr harmonisch miteinander. Ihnen war wichtig, dass sie keine körperlichen und emotionalen Spannungen aushalten mussten. Dass sie keine Aufgaben erfüllen mussten, die zu schwierig für sie waren. Jeder lebte aus seiner eigenen Mitte heraus. Jeder einzelne war eine einzigartige Mischung aus Fähigkeiten und Wünschen und jeder lebte nach seinen ureigenen Impulsen, die den einen Arzt, den anderen Architekt, die eine Krankenschwester, eine andere Anwältin, wieder andere Maurer, Künstlerin, Verkäufer oder Schusterin werden ließen. Auch änderten die Menschen ihre Tätigkeiten sehr oft, denn viele hatten keine Lust und fanden es auf Dauer langweilig, immer die gleiche Tätigkeit auszuüben. So kam es nicht selten vor, dass ein Arzt aufhörte Arzt zu sein, um Schriftsteller zu werden, oder eine Schusterin sich entschloss, in Zukunft Hebamme zu sein. Die Gemeinschaft unterstützte jeden Einzelnen, genau das zu tun, was er gern tat. Dieses Leben strotzte nur so vor Energie und Lebensfreude, Bewegung und Leidenschaft, Abwechslung und erfüllten Träumen.

Es war Teil dieses Lebens, dass sich die Menschen veränderten. Sie veränderten im Laufe ihres Lebens ganz natürlich ihr Aussehen, sie veränderten die Orte, an denen sie wohnten, die Tätigkeiten, die sie ausübten, und die Art und Weise, wie sie ihre Tage gestalteten. Jeder war ein wichtiger Teil der Gemeinschaft, erfüllte auf ganz natürliche Weise eine bestimmte Rolle, und jeder war am Wohl des anderen interessiert und sorgte aus tiefstem Herzen dafür, dass sich jeder seine Wünsche erfüllen konnte.

In dieser Welt kam es zum Beispiel vor, dass sich eine junge Frau aus der Gemeinschaft sehnlichst wünschte, auf dem wichtigsten Fest des Jahres edlen Schmuck zu tragen, jedoch selbst keinen besaß. Doch statt sich darüber zu ärgern, die Welt zu verfluchen und diejenigen zu beneiden, die wertvollen Schmuck hatten, äußerte sie ihren Wunsch ganz offen und direkt, und alle, die das hörten, überlegten intensiv, wie die junge Frau ihren Wunsch erfüllen könne. Schließlich fand der Wunsch seinen Weg zu einer alten Dame, die solch einen Schmuck besaß, wie ihn sich die junge

Frau wünschte, und sie lud die Jüngere zu sich ein. Die beiden Frauen suchten den schönsten Schmuck aus, hatten viel Spaß dabei und die alte Dame freute sich über alle Maßen, der jungen Frau ihren Schmuck zu leihen und ihr damit einen Herzenswunsch zu erfüllen. So ging die junge Frau mit wertvollem Schmuck auf das Fest und wurde von allen für ihre Schönheit und ihren guten Geschmack bewundert. Dabei war den Menschen völlig gleichgültig, wem der teure Schmuck gehörte. Wichtig war, dass der Schmuck seinen Weg zu dem Menschen gefunden hatte, der ihn sich sehnlichst wünschte, und dass für die junge Frau auf so schöne Weise ein Traum in Erfüllung gegangen war.

Auf diese Weise erfüllten sich die verschiedensten Wünsche und es war eine Wonne, diesem offenen Austausch von Wünschen in der Gemeinschaft der Menschen zuzusehen und zu beobachten, welche Vielfalt von Wegen es zu ihrer Erfüllung gab. Jeder Mensch hatte ein ganz natürliches Bedürfnis, ständig kreativ zu sein und sich damit zu beschäftigen, die eigenen Träume oder die seiner Mitmenschen zu verwirklichen. Kreativität war ein wichtiger und wertvoller Bestandteil des Lebens in Anandas Traumwelt. Und es war erstaunlich, zu welchen Wünschen, Träumen, Ideen und Lösungen die Menschen fähig waren. Das Leben vibrierte förmlich vor Kreativität und die Lebensenergien der Menschen flossen ungehindert und sorgten dafür, dass möglichst viele Menschen glücklich und zufrieden waren.

Schöne Welt! Doch nur ein Traum. Ananda hatte sich sehr, sehr wohl gefühlt in seiner Traumwelt. Er hatte sich entspannt und sich glücklich gefühlt allein bei der Vorstellung, in einer solchen Welt zu leben. Er hatte gespürt, wie sein Körper die Vorstellung genoss, dass sich Ananda besser um ihn kümmern würde. Ananda hatte sich eins gefühlt mit seinem Traum, mit sich selbst im Traum, mit der Traumwelt und allen Menschen und Dingen dort.

Als er aus dem Traum erwachte, fragte er sich sofort, wie er die Schönheit des Traums in die wirkliche Welt bringen könne. Wie konnte er dafür sorgen, dass die Menschen sich selbst, ihren Körper und ihre Gefühle, ihre Wünsche und Träume ernster nahmen und sich mit Hingabe um deren Erfüllung kümmerten? Wie konnte er dafür sorgen, dass die Menschen offener für Kontakte zu ihren Mitmenschen wurden, sich um die Wünsche ihrer Mitmenschen kümmerten und gemeinsam statt gegeneinander lebten, mehr das Gemeinsame suchten und lebten als das Trennende?

Wie konnte Ananda all das vorleben? Was musste er tun, um sich seinen Mitmenschen mehr zu öffnen? Was war sein eigener Anteil, dass er sich noch immer von seinem Umfeld getrennt fühlte? Tat er irgendetwas, das seine Mitmenschen von ihm fernhielt? Machte er es seinen Mitmenschen schwer oder gar unmöglich, Kontakt zu ihm aufzunehmen? War er derjenige, der Gemeinschaft verhinderte?

Ananda nahm sich fest vor, in der kommenden Zeit zu erforschen, wie viel er selbst dazu beitrug, dass sich die schöne Traumwelt in der Wirklichkeit noch nicht erfüllen konnte. Vielleicht fand er heraus, wie er sich in Zukunft anders verhalten konnte, so dass sich das Schöne seines Traums mehr und mehr in der Realität entwickelte.

Ananda stockte. Wollte er überhaupt in einer größeren Gemeinschaft leben? War er nicht lieber nur mit seiner geliebten Frau zusammen? Hatte er nicht mit seiner Frau schon die Gemeinschaft, die er sich immer ersehnt und in seinem Traum erträumt hatte?

Sofort wusste Ananda die Antwort: Wenn er zu Hause war, brauchte er nichts weiter als die Nähe seiner Frau, ihre Zuneigung, den Körperkontakt zu ihr, den Spaß, den sie gemeinsam hatten, die tiefen Gespräche, die Verrücktheiten, die ihnen beiden immer wieder einfielen und die jeden gemeinsamen Tag einzigartig machten. Doch Ananda konnte nicht immer zu Hause sein, denn seine Arbeit und seine zukünftige Berufung führten ihn unweigerlich immer wieder hinaus in die Welt. In die Welt, die er verändern wollte. Sein Platz war nicht nur zu Hause in seinem schönen, geschützten Paradies, sein Platz war auch in der Welt – in der Stadt und bald auch in der anderen Welt, Alambrien. Ananda war dennoch immer glücklich, wenn er wieder zu Hause war. Aber er drückte sich nicht vor seiner Berufung als Toro, der die Macht hatte, nicht nur sein eigenes Leben und das Leben seiner Frau, sondern das Leben einer großen Zahl Menschen nachhaltig zu ändern. Sie in die Freiheit zu führen und sie auf ihre eigenen Wege zu begleiten. Um die vielen Menschen zu erreichen, die er durch seine Macht erreichen konnte, musste er hinaus in die Welt. Er musste dort sein Bestes tun, offen sein für den Kontakt mit allen Menschen, die bereit waren, das Schicksal der Stadt mitzugestalten und die Freiheit zu erringen.

Nichts fehlte Ananda zu dieser Aufgabe, davon war er überzeugt. Er musste nur noch konsequenter seinen Wahrnehmungen und Impulsen folgen, noch direkter das tun, was er für richtig und angemessen hielt. Zu oft hatte er in der Vergangenheit aus Angst gezögert. Zu viele Gelegenheiten zur Veränderung hatte er ungenutzt verstreichen lassen, weil er zu große Angst hatte, Fehler zu machen und dafür bestraft zu werden. Doch nun hatte sich das Blatt gewendet. Er hatte sich entschieden, dass er keinem anderen als sich selbst die Macht zugestand, über sich und sein Verhalten zu urteilen. Keiner konnte ihn bestrafen, denn dazu brauchte es seine Einwilligung, den anderen als höhere Instanz anzuerkennen. Er selbst war sein Richter, nur er selbst konnte sein Henker sein. Was er für richtig hielt, war richtig. Was er für falsch hielt, war falsch. Er selbst war seine eigene göttliche Instanz. Und dies gab ihm die unendliche Freiheit, die er für seine große Aufgabe so dringend brauchte.

Noch vor kurzem hatte sich Ananda gewundert, dass sich die Mächtigen der Stadt nicht blicken ließen und keinerlei Kontakt zu ihm aufnahmen. Fast hatte er sich damit abgefunden, unbehelligt in der Öffentlichkeit aufzutreten, seine Ideen zu verbreiten und immer mehr Menschen mit seinen Visionen zu erreichen. Doch dann, eines Tages, nahm der oberste Machthaber der Stadt direkt Kontakt mit ihm auf. Er machte Ananda deutlich, dass er über Anandas öffentliches Auftreten und seine kritische Haltung gegenüber den Gesetzen und den Mächtigen der Stadt gut unterrichtet sei. Er bat Ananda um ein baldiges Gespräch unter vier Augen, um über Anandas Auftreten, seine Ziele und seine Zukunft zu sprechen.

Ananda war so überrascht über die Kontaktaufnahme, dass er für einen kurzen Moment in die Rolle des demütigen Bürgers zurückfiel und unterwürfig dem Treffen zustimmte. Der oberste Machthaber betonte, wie beschäftigt er sei, und gab sich gönnerhaft, weil er einen Teil seiner kostbaren Zeit dem Gespräch mit Ananda opfern wolle. Ananda war kurzzeitig so gefangen in der alten Untertanenrolle, dass er dem obersten Machthaber kein einziges Wort entgegensetzte und ihn damit in seiner Macht stärkte. Nachdem der Termin des Zusammentreffens abgemacht und Ananda wieder allein war, ärgerte er sich maßlos über sein Verhalten. Wie konnte er, nach all der Entwicklung der letzten Monate, so einfach und schnell wieder in die Untertanenrolle fallen? Er, der Toro, hätte dem Machthaber das Treffen entweder verweigern oder die Bedingungen stellen sollen! Stattdessen würde sich der Machthaber nun sicherlich darin sonnen, den kleinen Bürger Ananda in die Schranken gewiesen und gedemütigt zu haben.

Anandas Wut auf sich selbst verflog sehr schnell und er

begann auf der Stelle, seine Kräfte erneut zu sammeln. Er wurde wieder zum großen Toro und schwor sich, beim Treffen mit dem obersten Machthaber der Stadt seine starke Position beizubehalten. Sein Widersacher sollte spüren, wen er vor sich hatte. Erst dann, so sah Ananda voraus, konnte er das Treffen für seine Zwecke nutzen und den Mächtigen der Stadt eine erste Kostprobe seiner Macht geben.

Obwohl sich in Anandas Leben viel verändert und zum Besseren gewendet hatte, spürte er, wie anstrengend jeder einzelne Tag für ihn war. Vor dem Tag, als er durch den Spalt des Stadttores in die andere Welt geblickt hatte, war sein Leben zwar eintönig, eingeschränkt und hoffnungslos, aber im Alltag leichter zu ertragen gewesen. Sein Tagesablauf war bis zu diesem Zeitpunkt durch die äußeren Bedingungen und Regeln vorgeschrieben und Ananda wusste immer genau, was er zu tun hatte und was ihn erwartete. An dem Tag, an dem er zum Sehenden wurde, hatte sich für ihn die Büchse der Pandora geöffnet. Nichts würde je mehr so sein wie vor diesem Tag. Er hatte sofort die Möglichkeit erkannt, sein Leben in die eigenen Hände zu nehmen und nach seinen Wünschen zu gestalten. Er hatte sich augenblicklich entschieden, diese Möglichkeit zu ergreifen und sein Leben zu ändern.

Doch es war unerwartet anstrengend, seine Wünsche in die Tat umzusetzen. Die Gewohnheiten aus seinem bisherigen Leben, die vorgegebene Struktur, die klaren Regeln und Zeitabläufe hatten das Leben einfach gemacht. Zwar war er nicht glücklich gewesen, aber das Leben war bequemer. Es war für die Masse gemacht und musste die Masse der Menschen unter Kontrolle halten. Es musste also bequem genug für die meisten Menschen sein, so dass sie nicht auf die Idee kamen, ihr Leben ändern zu wollen.

Nun aber zeigten sich die verborgenen Wünsche Anandas nahezu täglich und er fühlte sich verpflichtet, sich selbst diese Wünsche zu erfüllen. Denn kein anderer Mensch würde sich um seine Wünsche kümmern. Wenn er also seinen Lebenstraum verwirklichen wollte, dann musste er selbst es tun, dann musste er selbst aktiv werden und sein Leben neu gestalten.

Meistens widersprachen Anandas Wünsche dem, was er in der Realität vorfand. So musste er Hindernisse aus dem Weg räumen, Vorurteile abbauen, seine Sichtweise ändern sowie mit vielen neuen Verhaltensweisen experimentieren und die Reaktion der Umwelt darauf beobachten. Aber nichts ging leicht oder gar von selbst. Immer musste er etwas tun, musste sich anstrengen. Immer musste er überlegen, wie er seine Wünsche umsetzen konnte. Viele Lösungen musste er gänzlich neu finden, da sich noch kein Mensch in der Stadt vor ihm mit ähnlichen Problemen beschäftigt hatte. Er musste sehr kreativ sein, seine Ängste überwinden, viele Dinge mutig ausprobieren, wobei er nie wusste, ob es für ihn gut oder schlecht ausgehen würde. Ständig stand er unter Druck. Jeden Tag wollte er nutzen. Nie konnte er die Dinge einfach sein lassen, wie sie waren, denn er wollte sein Leben verändern – und das möglichst schnell. Und er wollte seinen Lebenstraum so genau wie möglich verwirklichen.

Der Ehrgeiz, sein Ziel schnell und perfekt zu erreichen, fraß oft alle Energie auf, die Ananda hatte. Er fühlte sich dann müde, angespannt und er bekam starke Rückenschmerzen. In diesen Momenten verlor er jegliche Hoffnung, seine Träume wahr werden zu lassen. Ihm wurde bewusst, wie stark die Widerstände waren, die sich ihm in der wahren Welt in den Weg stellten. Es waren vor allem seine eigenen Widerstände und Grenzen, an die er sich über Jahrzehnte hinweg gewöhnt hatte. Diese Grenzen zu erkennen und zu überwinden, wenn sie ihn auf seinem Weg störten, war anstrengend. So war Ananda ständig damit beschäftigt, an seinem neuen Leben zu feilen. Was ihn an seinem bisherigen Leben unglücklich gemacht hatte, das änderte er, so gut und so schnell es ging.

Immer war sein Kopf voller Ideen, Wünsche, Träume, Grenzen, Hindernisse und Probleme. Er fühlte sich geradezu verpflichtet, die Welt – zumindest für sich selbst – zu ändern. Die Anstrengung überforderte ihn so manchen Tag und dann wünschte er sich, Abstand nehmen zu können und das Leben einfach so zu leben, wie es gerade war. Dann wünschte er sich, die andere Welt nie gesehen zu haben und nie erfahren zu haben, dass er der Auserwählte war – mit der großen Macht, die Welt zu verändern. Dann wünschte er sich zurück in die Zeit des Unwissens, der Anpassung und der Schwäche. Doch er konnte nicht mehr verdrängen, was er gesehen und erlebt hatte und wer er war. Er war der Toro, der Auserwählte. Wenn nicht er die Veränderung der Welt in die Hand nahm, würde es niemand tun.

Das große Potenzial, das er nutzen konnte, um Gutes zu tun, war oft ein Fluch für ihn selbst, weil er dieses Potenzial als Verpflichtung und Belastung erlebte. Gab es eine andere Möglichkeit, mit seinem Potenzial umzugehen? Musste Potenzial immer begleitet sein von dem Druck, es auch zu nutzen? Konnte Ananda einen Weg finden, das Potenzial zu besitzen, sich dessen voll bewusst zu sein, es aber nicht als Druck, Pflicht und Belastung zu erleben? Was steckte in diesem Aspekt des Potenzials? Musste es immer eine negative Kehrseite geben? Musste etwas Positives immer ein Opfer mit sich bringen? Konnte es Entwicklung ohne Anstrengung geben? Konnte es Entwicklung geben, die leicht war, Spaß machte und nie zur Pflichtübung wurde? Konnte Ananda entspannt darauf vertrauen, dass sich auch ohne seine ständige Anstrengung sein Leben veränderte, sich sein Lebenstraum verwirklichte und er seine Aufgabe als Toro erfüllen würde? Welcher Geist blockierte ihn, indem er ihm immer und immer wieder die Anstrengung und den Kampf mit den bestehenden Bedingungen vor Augen führte?

Ananda überlegte, ob seine Familie ihm diese Anstrengung in die Wiege gelegt und ihn im Laufe seines Lebens immer wieder daran erinnert hatte, dass nichts leicht sein durfte, was ihn glücklich und zufrieden machen konnte.

Nun aber war Ananda erwachsen und entschied selbst, wie er sein Leben gestalten wollte und welchen Glaubenssätzen er noch Macht über sich zugestand. Unglaublich, dachte Ananda, dass er, der sich immer so klein und unwichtig empfunden hatte, dass genau er eines Tages eine so wichtige Figur in der Weltgeschichte werden sollte. Oft zweifelte er noch an seinen Fähigkeiten und glaubte nicht, dass er wirklich das Potenzial hatte, vielen Menschen zu Freiheit, Unabhängigkeit und einem selbstbestimmten Leben zu verhelfen. Doch innerlich spürte er diese ungeheure Kraft, die sich entfalten wollte. Er spürte, dass der Tag nicht mehr fern war, an dem er in der Öffentlichkeit geachtet und zu wichtigen Entscheidungen hinzugezogen wurde. Obwohl er nicht wusste, wie sich diese Entwicklung vollzog, vertraute er auf die Intelligenz der Natur. Die Intelligenz, die erkannte, dass genau er einen wichtigen Beitrag leisten konnte. Die Lebensbedingungen würden sich durch ihn entscheidend verbessern. Wenn er seinem Weg folgte.

Er war der Beginn einer neuen Zeit. Die Keimzelle für die Wiedergeburt der Welt. Die Wiedergeburt zu einer natürlicheren, liebevolleren Lebensweise. Es gab keine Alternative für die Welt. Entweder sie würde ihn, die Keimzelle, gedeihen lassen, oder ihre Zukunft würde weiterhin düster und zerstörerisch sein. Mit unglücklichen Menschen und einer zerstörten Natur. Mit Feindschaft und Gewalt, Missgunst, Neid, Verrat und Unterdrückung. Mit der Ausbeutung der vermeintlich Schwächeren durch die vermeintlich Stärkeren.

In der neuen Zeit würde sich zeigen, dass die jetzt noch Schwächeren weit stärker waren und einen natürlicheren Zugang zu ihrem persönlichen Potenzial hatten, als es die zurzeit noch Stärkeren wahrhaben wollten und sich vorstellen konnten. Die Machtverhältnisse würden sich ändern. In der neuen Zeit würde es kein Oben und Unten, kein Stärker und Schwächer mehr geben. Oder anders ausgedrückt: Es würde als das erkannt werden, was es war – zwei Seiten derselben Medaille, zwei Pole desselben Gebildes, Yin und Yang, das Männliche und das Weibliche. Es würde endlich erkannt werden, dass nur die Gemeinschaft von weiblichen und männlichen Aspekten das Leben dauerhaft erhalten und erneuern kann. Verbundenheit, gegenseitige Hilfe, Herzlichkeit und Respekt würden zu den tragenden Säulen der zukünftigen Gesellschaft werden.

Ananda lernte allmählich, sich zu entspannen und den Druck, dem er sich selbst aussetzte, bewusst wahrzunehmen, ihm mit Respekt zu begegnen, ihm für seine Botschaft zu danken und ihn mit einem Lächeln im Gesicht vorbeiziehen zu lassen. Nicht Druck, Pflicht, Ehrgeiz und Verkrampfung halfen Ananda auf seinem großen Weg, sondern Liebe und Vertrauen. Er versuchte, so offen wie möglich seinen Mitmenschen, seiner Umwelt, aller belebten und unbelebten Natur zu begegnen. Immer und immer wieder rief er sich ins Bewusstsein, allem in sich und um sich herum mit Respekt zu begegnen. Und alles als hilfreich für seinen Weg anzusehen. Dabei sah Ananda sehr viel Ablehnung bei seinen Mitmenschen. Viele begegneten ihm mit Zurückhaltung und Verschlossenheit. Manche vermuteten, Ananda habe geheime Ziele, die er mit ihrer Hilfe erreichen wolle. Sie glaubten, er manipuliere sie, um sich selbst dadurch einen Vorteil zu verschaffen oder ihnen zu schaden.

Oft geschah es, dass Ananda den Menschen mit offenem

Herzen begegnete, sie anlächelte, freundlich ansprach und sich nach ihrem Befinden erkundigte. Sie aber sahen ihn verwundert, verschreckt, eingeschüchtert oder misstrauisch an und brachten lediglich leere Worte und Oberflächlichkeiten hervor. Nur sehr wenige ließen sich auf Anandas offensichtliches Interesse ein. Wenige erkannten darin eine Chance für sich, für ihre eigene Weiterentwicklung. Offensichtlich musste Ananda mehr dafür tun, um öffentlich deutlich zu machen, was er zu leisten imstande war, wie sehr er jedem einzelnen seiner Mitmenschen und der ganzen Stadt helfen konnte. Ananda plante, genau dies zu tun: sich öffentlich dazu zu bekennen, welche Rolle er schon jetzt und zukünftig in noch weit größerem Ausmaß spielte. Er wollte dazu stehen, welches Potenzial er in sich spürte und welches Vertrauen er in dieses Potenzial hatte.

Wie konnte er dies anstellen? Wie konnte er dafür sorgen, dass sein Name und sein Gesicht noch bekannter wurden und seine Person untrennbar verbunden war mit der Berufung, die er hatte, mit der Aufgabe, die zu erfüllen er gewillt war?

Ananda nahm sich vor, dies nicht verkrampft, sondern spielerisch zu tun. Er wollte sich selbst nicht wichtiger nehmen, als er war. Er wollte nicht beschönigen und nicht lügen. Er wollte lediglich eine größere Anzahl von Menschen erreichen und ihnen die Kontaktaufnahme zu ihm leichter machen. Er wollte, dass die Menschen auf ihn zukamen, wenn sie sich mit ihm austauschen, einen Rat von ihm einholen oder ihm eine wichtige Information mitteilen wollten. Ananda wollte, dass alle Welt wusste, wer er war und was seine Ziele waren. Er wollte nicht mehr im Geheimen agieren und darauf hoffen, dass irgendwann die richtige Zeit kommen würde, sich zu zeigen. Oder darauf hoffen, dass er endlich entdeckt wurde. Ananda verspürte starke Lust, die bestehenden Regeln der Welt spielerisch auf die Probe zu stellen. Sich mit Leichtigkeit und Mut zu bewegen. Der ganzen Welt zu erzählen, dass er gekommen war, die Welt zu verbessern. Die Menschen waren viel zu lange viel zu still gewesen. Hatten sich eingerichtet in den bestehenden Bedingungen. Hatten sich zurechtgefunden mit der Unterdrückung und dem Leid, dem sie ausgesetzt waren. Sie redeten sich ein, dass es gar nicht so schlecht wäre, dieses Leben. Sie glaubten schon fast selbst, dass sie einigermaßen zufrieden waren und nicht viel auszusetzen hatten an ihrem Leben, an den Demütigungen und der Unfreiheit in der Stadt – in der Welt, die sie kannten. Sie hatten sich abgefunden und hofften auf die Erlösung durch irgendeinen Retter. Nun mussten sie endlich damit konfrontiert werden, dass der Retter gekommen war, dass er leibhaftig und einer von ihnen war: Er, Ananda, der Toro!

Wie aber konnte er möglichst viele Menschen erreichen? Wie konnte er möglichst klar und einfach beschreiben, was er plante und wie er sich die Umsetzung seiner Pläne vorstellte? Wie konnte er es schaffen, dass die Menschen ihn erkannten, wenn er sich in der Öffentlichkeit zeigte, dass sie sofort wussten, dass hier ihr Retter vor ihnen stand? Wie konnte ihnen Ananda mitteilen, dass er sein Ziel – die Veränderung der Welt – nicht allein erreichen konnte, sondern auf die Mithilfe eines jeden Menschen angewiesen war? Wie konnte es Ananda schaffen, dass die Menschen genau wussten, wie sie ihm helfen konnten, was sie zu tun hatten, ganz konkret und möglichst sofort?

Es gab keine Zeit mehr zu verlieren. Jetzt war der Zeitpunkt für die große Wende gekommen. Ananda war die Keimzelle. Und er brauchte so viel Nährboden wie möglich, so viele Gärtner, so viel Wasser und Sonne, Mineralien und Salze, wie für sein möglichst schnelles und gesundes Wachstum gut war. Er brauchte viele verschiedene Menschen, mit den verschiedensten Talenten und Wünschen und Träumen. In der Vielfalt der Menschen erkannte Ananda eine sehr wichtige Kraft. Er brauchte Schriftsteller, um die Menschen zu erreichen, die gern Bücher lasen. Er brauchte Fotografen für die Menschen, die gern Bilder ansahen. Er brauchte Maler für die Menschen, die gern Gemälde betrachteten, Musiker für die Musikliebhaber, Politiker für die an Politik Interessierten, Mütter für ihre Kinder, Väter für ihre Kinder, Ehefrauen für ihre Ehemänner, Ehemänner für ihre Ehefrauen, Eltern für ihre Kinder, Kinder für ihre Eltern, religiöse Führer für gläubige Menschen, Wissenschaftler für die Wissenschaftsgläubigen, spirituelle Führer für alle Menschen.

Ananda war nur die Keimzelle. Eine Keimzelle, wie schon viele vor ihm. Viele waren nicht aufgegangen, weil die Lebensbedingungen zu ihrer Zeit zu feindlich gewesen waren. Andere waren zunächst aufgegangen, verdorrten aber, weil ihre Mitmenschen sie nicht lange achteten und sie vergaßen. Nun war Ananda da. Ein neuer Versuch, die Welt ein Stück lebenswerter zu machen. Die Herzen der Menschen zu erreichen, damit sie ihr Leben in Zukunft wichtiger nahmen, als sie es zurzeit taten. Ihr eigenes Leben und ihr eigenes Wohlbefinden und auch das ihrer Mitmenschen – ihrer Familien, ihrer Freunde und Bekannten, ihrer Nachbarn, Kollegen, Vorgesetzten, Kunden, auch all der Menschen, denen sie zufällig auf der Straße begegneten. Und nicht nur die Menschen sollten sie respektieren, sondern alle Dinge – die sichtbaren und die unsichtbaren, die belebten und die unbelebten.

Die Menschen mussten so schnell wie möglich die Natur wieder als das erkennen, was sie war: die Grundlage ihres Lebens. Die Basis für ihre Existenz. Ohne Natur konnte es den Menschen nicht geben. Die Natur zu achten, die natürliche Verbindung zu ihr wahrzunehmen und zu pflegen, würde den Menschen helfen, sich selbst wichtiger zu nehmen und zufriedener zu fühlen, verbunden mit der Natur. Die Menschen waren Teil der Natur. Sie waren aus ihr entstanden und verdankten ihr tagtäglich ihre Existenz. So zu tun, als wäre der Mensch die Krone der Schöpfung, das Höchste aller Lebewesen, Herr über die natürlichen Ressourcen, berechtigt, die Welt für seine Zwecke auszubeuten – dieses Verhalten missachtete, dass die Menschen selbst Natur waren. Die Ausbeutung der Natur war die Ausbeutung des Menschen durch den Menschen selbst. Es zeigte sehr viel über die Menschen. Es zeigte, wie wenig sie die Natur, wie wenig sie das Leben liebten. Denn ihr Leben war nicht zu trennen von dem ihrer Mitmenschen, der Natur vor ihrem Haus, in ihrer Stadt, in der Welt. Ihr Leben war nicht zu trennen von dem des Brotes, das sie aßen, vom Holz, mit dem sie ihren Kamin fütterten, damit das Feuer sie wärmte. Die Missachtung der Natur, die Einteilung in wichtig und unwichtig, in höherwertig und minderwertig, in mehr wert und weniger wert, die Trennung von Mensch und Natur war eine künstliche, nur theoretische Trennung.

Alles, was der Mensch der Natur um sich herum antat, tat er sich selbst an. Zerstörte er die Natur, zerstörte er seine Lebensgrundlage. Seine und die seiner Familie und Freunde, seiner Kinder und Kindeskinder. Der Mensch musste sich seiner Verantwortung erneut bewusst werden. Vor allem der Verantwortung für sein eigenes Leben. Dann aber auch der Verantwortung für alles, was ihm begegnete in der Zeit seines Lebens. Der Mensch musste sich seiner Macht bewusst sein – der Macht, Leben zu erhalten und Leben zu zerstören. Jeder Mensch stand ständig vor der Wahl zwischen Zerstörung und Erhaltung, zwischen Respekt und Missachtung, zwischen Verantwortung und Ignoranz. So zu tun, als hätte man die Verschmutzung und Zerstörung der Natur nicht gesehen, sprach den Menschen nicht frei von seiner Verantwortung. Denn auch wenn er selbst die Natur nicht zerstört hatte, konnte er sich dafür entscheiden, sie wieder heil zu machen, sie zu achten, zu respektieren, sie zu lieben. Und alles zu tun, damit sie nicht weiter zerstört wurde. Jeder Mensch konnte sich entscheiden, nett und höflich zu seinen Mitmenschen zu sein, sie als Teil seines Lebens zu respektieren, ihnen zuzuhören, ihnen zu helfen, ihnen nicht zu schaden, sie zu achten und sie von Herzen als das zu behandeln, was sie waren: Ausdruck der göttlichen Schönheit des Lebens – Mensch gewordene göttliche Wesen, jeder von ihnen.

Ananda war sich sehr bewusst, dass sich die meisten Menschen anders verhielten, als er es sich wünschte und als gut für sie war. Er wusste auch, dass das Leben sehr komplex und vielfältig war und er nicht genug Wissen und Wahrnehmungsfähigkeit hatte, um die Welt vollständig zu begreifen. Doch er spürte, dass die Zeit für einen herzlicheren Umgang mit dem Leben gekommen war, dass es eine Änderung geben musste. Denn viele Menschen litten unter den gegenwärtigen Lebensbedingungen. Er sah so viele unglückliche Menschen. Er sah, wie sie sich täglich quälten, um ihrem Leben ein Stück Freude abzugewinnen. Wie sie sich an ihren Arbeitsstellen abmühten und eine ungeliebte Arbeit taten, um genügend Geld zu verdienen, damit sie für sich und ihre Lieben Essen und ein Dach über dem Kopf bezahlen konnten. Wie sie sich quälten, immer mehr Geld zu verdienen, mehr Geld als ihre Nachbarn, ihre Kollegen, ihre Brüder und Schwestern, ihre Eltern. So viele quälten sich, um ein bisschen mehr Anerkennung bei ihrer Arbeit zu bekommen, um eine Karriere zu machen, um mehr Macht und Einfluss zu gewinnen. Um der ganzen Welt zu zeigen, dass sie und ihr Leben wichtig seien. Dass sie wichtiger seien als andere Menschen. Dass sie alles getan hätten, um Sinn in ihr Leben zu bringen und ihr Potenzial zu nutzen. Dass sie für sich und ihre Familie gut gesorgt hätten. Und so weiter und so weiter. Bei all dem waren die meisten Menschen sehr, sehr unglücklich. Und das war der Grund, warum Ananda die Zeit gekommen sah, etwas für eine glücklichere Welt zu tun.

Er selbst war so lange unglücklich gewesen und hatte keinen Ausweg aus seiner Lage gefunden. Er hatte auf einen Retter gehofft, der sein unglückliches Leben in kürzester Zeit in ein glückliches verwandelte. Und dann hatte es ihn wie ein Blitz getroffen, als er erkannte, dass er selbst der Retter war. Nun war es an ihm, seine Rolle als Retter anzunehmen und sie erfolgreich auszufüllen.

Seine neue Rolle machte es ihm nicht leicht. Immer wieder stellte Ananda fest, wie starr und mächtig die bestehenden Zustände waren. Es waren nicht nur die schriftlich verfassten und offiziellen Regeln und Gesetze, die das System so starr machten. Es waren auch nicht nur die Mächtigen der Stadt, die das System so mächtig machten. Vor allem die Bürger der Stadt selbst sorgten dafür, dass das bestehende System sich immer und immer wieder selbst festigte. Indem die meisten Bürger der Stadt das System nicht in Frage stellten, sich mit ihm abfanden und sich zu schwach fühlten, etwas zu verändern, machten sie es außergewöhnlich stark und nahezu unangreifbar. Nicht die sichtbaren Gesetze und Mächtigen waren das stärkste Element der Stadt, sondern die unausgesprochene, weitgehend unbewusste Übereinkunft der Bürger, das System so zu belassen, wie es war.

Ananda machte sich viele Gedanken über seine Rolle und identifizierte sich mehr und mehr mit ihr. Er erforschte genau, wer oder was ihn abhalten könnte, seinen Weg zu gehen und seine Ziele zu erreichen. Er erkannte seine größte Herausforderung in einem unsichtbaren »Feind«: der großen Anzahl resignierter Stadtbewohner, die nicht mehr daran glaubten, dass sie in ihrem Leben ihre Wünsche und

Träume erfüllen konnten. Die resignierte Bevölkerung bestand aus einer Vielzahl der unterschiedlichsten Menschen. Sie verhielten sich alle ein wenig anders. Sie erschienen, bei flüchtiger Betrachtung, wie Einzelpersonen, waren aber durch eine unsichtbare, gemeinsame Kraft verbunden und wirkten auf diese Weise als starkes Kollektiv. Ohne dass sie sich dessen bewusst waren. Möglicherweise fühlte sich ein jeder von ihnen isoliert und allein, getrennt von allen anderen Menschen und Dingen. Aber doch wirkten diese Menschen auch als eine gemeinsame starke Macht gegen jegliche Veränderung, die sich abzeichnete. Diese starken Kräfte erstickten jeden Anflug von Veränderung bereits im Keim. Nicht ein Einzelner tat dies, sondern eine gewaltige Macht, die gespeist wurde aus der Quelle der unausgesprochenen Gemeinsamkeiten, die die meisten Stadtbewohner teilten. Und diese Gemeinsamkeiten hießen Resignation und Angst. Die breite Masse der Stadtbevölkerung hatte resigniert vor den starren Regeln der Stadt, vor dem ständig lauernden Verrat durch ihre Mitmenschen und vor den drakonischen Strafen, die jedem drohten, der sich gegen die Mächtigen der Stadt auflehnte. Und jede Art von Veränderung des bestehenden Systems war gleichbedeutend mit einer Auflehnung. Alle Stadtbewohner hatten Angst, bestraft zu werden – und die dauernde Angst ließ sie resignieren. Wie sehr Resignation und Angst die Menschen verbündete und sie zu einer großen und starken Gemeinschaft machte, blieb dem einzelnen Bürger in seiner natürlicherweise begrenzten Wahrnehmung verborgen. Denn jeder einzelne fühlte sich isoliert und allein, schwach und machtlos.

Ananda aber, der sich vorgenommen hatte, die Welt zu verändern, erkannte immer genauer die Strukturen des Systems und nahm immer genauer seine Kräfte wahr. Nicht die offensichtlichen Symbole der Macht – das geschriebene

Gesetz und die Mächtigen der Stadt – waren die stärkste Kraft, sondern die unsichtbare Gemeinschaft der resignierten Bürger. Wenn Ananda es schaffte, der Bürgerschaft ihre ungemeine Macht bewusst zu machen, konnte er mit ihrer Hilfe die große Veränderung herbeiführen. Er musste jedoch sicherstellen, dass die Bewusstheit über ihre Macht die Bürger nicht in wütende Gewalt gegen die Herrschenden ausbrechen ließ. Denn Gewalt war das Mittel der Herrschenden und Ananda war überzeugt, dass die Veränderung gewaltlos vor sich gehen musste, um langfristig erfolgreich zu sein. Ananda musste versuchen, den Menschen ihre Macht bewusst zu machen und gleichzeitig auch ihre Verantwortung. Von Anfang an wollte er den Respekt vor allem Leben und vor allen Menschen in den Mittelpunkt stellen. Er musste sehr, sehr stark sein und mit gutem Beispiel vorangehen. Das Volk brauchte eine gemeinsame Orientierung und Anandas Aufgabe war es, dem Volk die Richtung vorzugeben. Denn er wusste inzwischen, dass er durch seine Entwicklung Dinge wahrnahm, die den meisten anderen Menschen nicht bewusst waren. Er erkannte unsichtbare Kräfte, Zusammenhänge und Prozesse, die den meisten Menschen verborgen blieben und die gefährliche Auswirkungen haben konnten, eben weil sie unerkannt blieben und weil sie im Geheimen ihre immense Macht entfalteten.

Ananda musste sich mutig an die Spitze der Bewegung setzen, um die Macht der Bewegung und die Macht des Volkes in eine Glück bringende Richtung zu lenken.

Vielleicht würde das Volk Ananda überrollen und seinen eigenen Weg gehen. Doch Ananda spürte, dass er stark genug war, das Volk hinter sich zu halten. Nicht mit Gewalt, sondern mit Ausstrahlung und Überzeugungskraft. Das Volk würde sich freiwillig hinter ihn stellen, auf seine Wahrnehmung und seine Impulse vertrauen und ihm folgen, wenn er sich in Bewegung setzte. Respekt, Vertrauen,

Herzlichkeit und Gemeinschaft würden die tragenden Säulen der Bewegung sein.

Wenn die Bürger der Stadt dann unter Anandas Führung die Mächtigen abgesetzt und die unmenschlichen Gesetze abgeschafft hatten, könnte sich die gemeinsame Bewegung wieder auflösen. An ihre Stelle würde das natürliche Leben treten, ein Leben, in dem jeder Mensch Verantwortung und Respekt für sein Leben, das Leben seiner Mitmenschen und für die Gesundheit der ganzen Welt übernahm. Jegliche Art von erzwungener Gemeinschaft wäre überflüssig, denn es entstünde eine natürliche Gemeinschaft von gleichberechtigten Menschen – jeder mit seiner einzigartigen Mischung aus Fähigkeiten, Wünschen und Träumen, die er ganz natürlich in die Gemeinschaft einbrachte und dafür von der Gemeinschaft Respekt und Liebe empfing. Ein lebhaftes Miteinander von Menschen, die sich ihrer Verantwortung und Macht selbst bewusst waren und wussten, dass sie ihre Träume verwirklichen konnten, wenn sie wollten.

Ananda schwankte tagtäglich zwischen Zuversicht und Resignation. Mal schien es einfach, zu den Menschen zu sprechen und ihnen von seinen Visionen zu erzählen. Mal fühlte er sich ausgelaugt und wollte einfach nur in Ruhe gelassen werden. An manchen Tagen träumte Ananda davon, zusammen mit Marie Sol seine Wohnung zu verlassen und sich an einen geheimen Ort in einen verlassenen Winkel der Stadt zurückzuziehen. Er wollte ungestört die vertraute, enge Zweisamkeit mit seiner Frau leben. Ohne den Ehrgeiz zu spüren, die Welt verändern zu müssen. Ohne zu wissen, welches Potenzial in ihm schlummerte. Ohne die Erwartung der Stadtbewohner, dass er, der große Toro, sie aus der Tyrannei befreite. Ohne nachzudenken über sich selbst, die Zustände in der Stadt, die andere Welt, die Nomilen und die Schritte zur Befreiung der Stadt. In diesen Momenten wollte Ananda einfach nur sein – so sein, wie er in diesem Augenblick eben war, ohne Vergangenheit und ohne Zukunft. Einfach nur ein Mensch, der sich wünscht, sich seinem natürlichen Lebensprozess anzuvertrauen, seinen persönlichen Bedürfnissen zu folgen und einem geliebten Menschen, Marie Sol, nahe zu sein. Ungestört. In aller Stille. Ohne die Hektik und Aufregung in der Welt. Ohne den Lärm der Stadt und ohne das ständige Beschäftigtsein der Menschen. Ohne die Trennung von der Natur, ohne Neid, Konkurrenz und Gewalt. Einfach verbunden mit sich selbst, mit dem Leben und dem gesamten Universum.

Nach einer Phase des Rückzugs verspürte Ananda wieder mehr Lust, in der Öffentlichkeit aufzutreten und Einfluss zu nehmen auf die Geschicke der Welt. Dann spürte er den Drang und den Ehrgeiz, noch bekannter zu werden und dadurch neue Möglichkeiten zu bekommen, sich selbst zu entfalten, mehr Menschen als bisher glücklich zu machen, Kontakt zu einflussreichen Menschen aufzubauen, um sein Wirken auszudehnen und jeden Winkel der Stadt, jeden Winkel der Welt zu erreichen.

Ananda fühlte, dass ihn in Wirklichkeit noch viel zu wenige Menschen kannten, um seine große Aufgabe zu meistern. Und von denen kannten ihn die meisten schon so lange, dass sie seine Entwicklung und seine neue Rolle als Toro nicht wahrnahmen oder einfach nicht akzeptierten. Sie behandelten ihn weiterhin als den naiven, machtlosen Kleinbürger, der Ananda früher auch wirklich war. Viele sahen nicht die erstaunliche Entwicklung, die sich genau vor ihren Augen seit Monaten vollzog. Sie sahen auch nicht die Chance für sich selbst, denn sie hatten das Privileg, einen direkten und engen Kontakt zu der Schlüsselfigur der kommenden Revolution zu haben. Ananda war sehr erstaunt über die Ignoranz und Blindheit seiner Mitmenschen. Und er wunderte sich über ihren Widerwillen gegen jede Art von Veränderung.

Auch Ananda trafen jedoch immer wieder die dunklen Wogen des öden, deprimierenden Alltags. Beständig bedrängten sie ihn mit der Absicht, ihn einzulullen und von seinem mutigen Vorhaben abzubringen. Angst kroch an Anandas Armen und Beinen hinauf, immer weiter den Körper entlang, um sich schließlich um seine Kehle zu legen. Resignation legte sich um seinen Kopf und sickerte ihm in die Augen, um ihm die Sicht zu vernebeln. Das System schickte seine Schlingen aus, um Ananda wieder einzufangen, legte seine kalte Hand um seinen Hals, um ihn zu würgen und ihm den Atem zu rauben. Mit höhnischem Gelächter bedrängte ihn die Macht des Systems, überzeugt davon, dass Ananda den Glauben an seine eigene Macht schon bald wieder verlieren würde. Dass er den Plan aufgab, seinen Weg mutig und konsequent zu gehen. Schon viele hatte das System wieder zurückgeholt in den Schoß von Angst und Resignation. Ananda schien ebenfalls anfällig zu sein für äußere Einflüsse. So sah das System seine Chance gekommen, Ananda nach seiner zugegeben erstaunlichen, tief greifenden Entwicklung wieder zu zerbrechen und ihm seine Macht zu nehmen.

Ananda fühlte sich bereits geschwächt und verspürte den Wunsch nach Ruhe und Hingabe. Die würde er finden, so wusste er, wenn er seinen Kampf aufgab, wenn er sich wieder einreihte in die Schar der resignierten Bürger. Der Wunsch nach Harmonie und Entspannung, nach Rückzug und dem Ende des Kämpfens ließ Ananda das Leben in der Stadt wieder attraktiv erscheinen. Was war nur los mit ihm? Noch vor kurzem fühlte er sich stark und mutig in der Rolle des Toro. Und jetzt wollte er zurück in sein altes, angepasstes und hilfloses Leben? Was geschah mit ihm? Welche Geister und Dämonen waren hier am Werk?

Ananda nahm alle seine Kräfte und Sinne zusammen und wusste sofort, was er zu tun hatte. Er musste sich fallen lassen in einen tiefen Traum, in dem er die Essenz des Systems erkennen konnte. In dem er erfahren konnte, was ihn plötzlich so sehr schwächte. Wo er den Wesen begegnen konnte, die ihn zur Aufgabe und Unterordnung zwingen wollten.

Yoga! Yoga half Ananda in dieser schwierigen Situation, sich zu sammeln und klar zu werden. Schon die ersten tiefen Atemzüge ließen seinen Geist ruhig werden und seinen Körper entspannen. Allmählich fiel Ananda tiefer in seinen entspannten Körper. Seine Sinne wurden feiner und schärfer. Der Straßenlärm, den er vorher nicht einmal gehört hatte, durchdrang seinen ganzen Körper. Eingebettet in das Dröhnen der Motoren und das Rauschen der Räder auf dem Asphalt konnte Ananda in seinen Körper sehen. Er sah die Leere in seinem Brustkorb und fühlte den Lärm dort vibrieren. Seine Lungen brannten, doch das Atmen fiel ihm leicht und die Atemzüge waren tief und nährend. Immer stärker vibrierten seine Lungen, immer stärker wurde sein Brustkorb gerüttelt und geschüttelt. Ananda ließ sich noch tiefer in seinen Körper fallen, versuchte noch genauer zu erkennen, was in seinem Brustkorb vor sich ging.

Das Vibrieren wurde nun wilder und verlor an Schnelligkeit und Gleichmaß. Immer mehr geriet es zu einem – ja, was war es? Ananda fehlten die Worte. Doch die Wildheit nahm zu. Sie war nun nicht mehr in seinem gesamten Brustkorb, sondern war eindeutig zur linken Seite gewandert. Nun konnte Ananda deutlich spüren: Aus dem Vibrieren war ein Zappeln geworden. Heftiger und heftiger wurde das Zappeln in Anandas linker Brust, er fühlte Tritte und vernahm ein Schnauben. Ein Schnauben? Was zum Himmel ging in ihm vor? Was zappelte, trat und schnaubte dort, wo Ananda bisher sein Herz vermutet hatte?

Plötzlich trat das Wesen aus Anandas linker Brust hervor. Es war – ein kleiner roter Stier! Er warf seinen kleinen Kopf mit den kleinen Hörnern hin und her und versuchte, sich den Weg aus Anandas Brust in die Freiheit zu erkämpfen. Er trat mit seinen Hinterbeinen aus und traf dabei immer wieder Anandas Herz. Ananda fuhr bei den Tritten gegen sein Herz vor Schmerz zusammen. Doch der Anblick des kleinen, wilden Stiers hielt ihn gefesselt und Ananda wollte keinen Moment dieses einmaligen Spektakels verpassen. Weiter und weiter kämpfte sich der kleine rote Stier in die Freiheit. Sein Kopf war bereits frei, sein Rumpf folgte nach heftigem Rucken und Treten kurze Zeit später, die Vorderbeine waren ebenfalls schon in Freiheit und stützten sich selbstbewusst auf Anandas Brust. Als der Rumpf befreit war und der kleine Wilde genug Bewegungsfreiheit hatte, sprang er nicht etwa heraus aus Anandas Brust. Nein, er beruhigte sich, machte es sich bequem – halb in der Brust, halb auf der Brust –, hob seinen übermütigen, stolzen Kopf und setzte ein zufriedenes, verschmitztes Grinsen auf.

Was für ein frecher, kleiner Kerl!, dachte Ananda. Doch statt wütend auf ihn zu sein, begutachtete Ananda ihn mit Bewunderung und sein Herz war auf der Stelle erfüllt von Liebe für den kleinen roten Wildfang. Was für ein hübsches Kerlchen! Diese unbändige Energie! Dieser Schalk in seinem Gesicht! Und diese Verspieltheit in seiner ganzen Art!

Ananda war ergriffen von diesem Anblick und spürte tief in sich väterliche Gefühle für den Kleinen. Der Stier wendete Ananda sein Gesicht zu, begutachtete ihn ganz genau, las in Anandas Augen und erkannte dort tiefe Liebe und Zuneigung. Nachdem sich der kleine Stier sicher war, sich nicht getäuscht zu haben, entspannte sich sein kleines Gesicht völlig und er lächelte Ananda herzerweichend an. Ananda blickte in die funkelnden Augen des kleinen Stiers und entdeckte dort die gleiche tiefe Zuneigung und Liebe, die er dem Kleinen gegenüber empfand. Ananda wusste, dass sich hier, in diesem Augenblick, Vater und Sohn in die Augen gesehen und sich, ohne ein Wort zu wechseln, ihrer gegenseitigen Liebe versichert hatten.

Das also war das verborgene Geheimnis in seiner vibrierenden Brust! Der kleine rote Stier, der seinem Herzen entsprungen war! Das herzliche kleine Wesen, das Ananda sofort mit Liebe erfüllte!

Langsam erwachte Ananda aus seiner tiefen Versunkenheit. Er erkannte, dass der kleine rote Stier der bisher noch fehlende Aspekt seiner Entwicklung war: die Liebe zu sich selbst. Die Liebe, die bei ihm selbst anfing und sich von dort auf Marie Sol, seine Mitmenschen und die ganze Welt ausbreiten konnte. Nun war Ananda komplett: mit dem stolzen, mächtigen schwarzen Stier auf dem Rücken und dem kleinen, verspielten, herzerweichenden roten Stier auf seiner Brust, direkt über seinem Herzen.

Ananda hatte sich auf den Weg gemacht, sich selbst zu erforschen und seinen größten Lebenstraum wiederzuentdecken. Er war vielen Hindernissen begegnet auf dem Weg in sein Innerstes und hatte viel geträumt von sich selbst, seinem Leid, seiner Angst, seiner Sehnsucht und seiner zukünftigen Rolle als Befreier der Stadt, als der große Toro. Oft hatte er an sich gezweifelt, hatte ungeahnte Schwächen in sich entdeckt und war vielen Geistern begegnet, die ihm gebetsmühlenartig immer und immer wieder einredeten, wie unwichtig und machtlos er doch eigentlich sei. Sein Leben lang hatte Ananda auf die Worte der Geister gehört und ihnen Glauben geschenkt. Er war sich sicher gewesen, dass diese mächtigen Stimmen die Wahrheit sprachen, und er hatte nie gewagt, gegen diese Geister anzukämpfen.

Allmählich aber entdeckte Ananda die wahre Natur der Geister. Sie waren lediglich Anteile in ihm selbst, Stimmen, die seine Weiterentwicklung verhindern wollten, Stimmen, die ihm immer wieder Angst machten und nicht zuließen, dass er an sein eigenes Potenzial glaubte. Diese inneren Stimmen blockierten ihn, kritisierten ihn und demütigten ihn, sie wollten unter allen Umständen erreichen, dass sich Ananda klein, hilflos und minderwertig fühlte.

Doch Ananda hatte andere Wesen in sich entdeckt. Mächtige Wesen. Wesen, die seine enorme Macht und seine unendliche Herzlichkeit verkörperten: der schwarze und der rote Stier. Die Stiere hatten schon immer zu Ananda gehört, sie waren untrennbare Aspekte seiner Persönlichkeit. Doch sie hatten sich in der Tiefe seines Unterbewusstseins versteckt gehalten und auf den Tag gewartet, an dem Ananda bereit war, sie zu spüren, sie anzusehen und sie als Teil seiner selbst anzuerkennen. Vor diesem denkwürdigen Tag waren die dunklen Geister – die natürlichen Feinde der Stiere! – zu stark gewesen. Nicht wirklich stärker als die Stiere – in Wirklichkeit hatten sie nicht den Hauch einer Chance gegen sie. Doch Ananda hatte den dunklen Geistern eine unermessliche Macht zugestanden. Er selbst hatte den Geistern Macht verliehen. Und das hatte es den Stieren unmöglich gemacht, sich früher zu zeigen und Ananda ihre eigene – und damit seine eigene – Macht bewusst zu machen.

Ananda war bis zum Erscheinen erst des schwarzen, dann des roten Stiers wie in einer Trance gefangen gewesen. In dieser Trance konnte er nur die Macht der dunklen Geister sehen und er selbst fühlte sich ohnmächtig und hatte große Angst. Dann hatte Ananda die Geister immer genauer beobachtet und ihr Denken, Fühlen und Verhalten erforscht. Er hatte schließlich erkannt, dass die in ihm wohnenden Geister lediglich Spiegelbilder von äußeren Kräften waren – von Mitmenschen, die ihn demütigen wollten, Mitmenschen, die ihn für zu stark und unabhängig hielten und ihn deshalb mit aller Gewalt abwerteten, Mächte in seiner Umwelt, die Angst vor seinem Potenzial hatten, weil sie wussten, dass er die Stärke und den Willen besaß, die bestehenden Verhältnisse zu ändern und damit ihre eigene Macht zu zerstören.

An diesem Punkt seines Weges hielt Ananda die Zeit für gekommen, innezuhalten und die neuen Machtverhältnisse in seinem Inneren vollständig zu integrieren. Er musste sich erst daran gewöhnen, dass die Geister ihre Macht über ihn allmählich verloren und die Stiere sein weiteres Leben bestimmen würden. Ananda stand endlich auf eigenen Beinen. Er selbst bestimmte – begleitet von dem mächtigen schwarzen und dem herzlichen roten Stier –, wie er sein Leben leben und was er mit seiner Zeit anfangen wollte. Er hatte endlich die Macht in sich entdeckt, dass ihn nichts davon abhalten konnte, seinen Lebenstraum zu verwirklichen und sich seine Wünsche zu erfüllen. Ananda fühlte sich sehr, sehr wohl mit seiner neuen Identität und er strotzte vor Selbstbewusstsein.

Nun endlich fühlte er sich selbst stark genug, dem obersten Machthaber der Stadt die Stirn zu bieten. Er spürte sogar, dass er bereits jetzt mächtiger war als dieser, und er wusste, dass ihn die Weisheit seiner beiden Stiere zum Erfolg führte. Darauf vertraute Ananda ganz und gar.

Hatte Ananda noch vor wenigen Tagen großen Respekt, sogar einen Anflug von Angst vor dem Treffen mit dem obersten Machthaber gehabt, so konnte er es nun kaum noch erwarten, diesem endlich – nach einer langen Zeit der Vorbereitung und persönlichen Entwicklung – entgegenzutreten und ihm zu zeigen, wie mächtig er inzwischen geworden war. Ananda fieberte dem Treffen entgegen und war aufs Äußerste gespannt darauf, wie sich der Machthaber verhalten und ob er Ananda ein Friedensangebot unterbreiten würde. Würde es zu einem Kampf kommen? Oder würde der Machthaber sofort spüren, dass ein Kampf sinnlos war, weil er Anandas Macht und seinen Siegeswillen wahrnahm? Oder war der Machthaber viel mächtiger, als Ananda annahm, und würde ihm ein ebenbürtiger oder gar überlegener Gegner sein?

Die Ungeduld vor der großen Begegnung trieb ihr Unwesen, indem sie schreckliche Bilder von der Grausamkeit des Machthabers vor Anandas innerem Auge entstehen ließ, und Zweifel und Angst ergriffen ihn. Doch Ananda erkannte die Ungeduld als nervenden Geist und besann sich auf sich selbst, auf sein starkes Wesen, seine Ruhe und Gelassenheit, seine Zuversicht und sein Vertrauen. Und auf seine starken, verlässlichen Begleiter: den schwarzen und den roten Stier!

Ananda fühlte sich stark und war überzeugt, dass ihn kein Machthaber der Welt so hilflos und klein machen konnte, wie er zu Beginn seiner Entwicklung war. An dem Tag, als Ananda durch das einen Spalt weit geöffnete Stadttor die andere Welt, Alambrien, erblickte, hatte Ananda den ersten Schritt auf seinem eigenen Weg gemacht. Seitdem war er stärker und stärker geworden und brauchte nun keine Macht der Welt mehr zu fürchten.

Es war ein trüber Spätwintertag, als Ananda aus seinem Traum erwachte. Müde rieb er sich die Augen, fühlte sich matt und ausgebrannt und wusste nicht, wo er war. Allmählich gewann er sein Bewusstsein zurück, blickte um sich und erkannte, dass er vor seinem Schreibtisch saß. Vor ihm auf dem Tisch lag ein großer Stapel Papier, Seite um Seite beschrieben mit seiner eigenen Schrift. Was war passiert? Hatte er geschlafen? Hatte er selbst all diese Seiten geschrieben? Zweifellos, es war seine Handschrift! Wann hatte er all das notiert? Eine Menge Seiten. Genug Stoff für ein Buch!, stellte er verwundert und mit einem Anflug von Stolz und Hoffnung fest.

Ananda erinnerte sich nun dunkel an einige Fetzen aus dem Traum, den er wohl gerade geträumt hatte. War es überhaupt ein Traum gewesen? Oder hatte er all dies wirklich erlebt? Und auf Papier gebracht? Hatte er auch vom Schreiben nur geträumt? Hatte er die ganze Zeit nur geträumt von der Stadt, der anderen Welt, den Nomilen und dem Toro? Oder stand all dies auf dem Papier, das vor ihm lag und wie das fertige Manuskript eines Romans aussah?

Hatte er womöglich gerade ein Buch geschrieben und sich damit seinen Lebenstraum erfüllt – und war daraufhin vor Glück und Erschöpfung eingeschlafen?

Ananda las einige Seiten, die vor ihm auf dem Schreibtisch lagen, und wusste, dass er es tatsächlich geschafft hatte: Er hatte soeben das Manuskript für seinen ersten Roman vollendet!

Ananda hatte sich nichts sehnlicher gewünscht, als einen eigenen Roman zu veröffentlichen. Sehr lange hatte er nach einem Thema für dieses Buch gesucht und war verzweifelt, als er trotz größter Anstrengungen nichts, rein gar nichts, fand, worüber er schreiben konnte und wollte. Immer deutlicher wurde Ananda, dass er seinen Lebenstraum nicht erfüllen konnte, wenn ihm nichts einfiel. Sein Kopf war wie blockiert. Sein eigener Kopf entpuppte sich als sein größtes Hindernis. Er selbst – und nur er selbst! – stand der Erfüllung seines Traums im Weg. Niemand sonst. Niemand verbot ihm, seinen Roman zu schreiben und diesen zu veröffentlichen. Niemand legte ihm irgendwelche Steine in den Weg oder verhinderte, dass er sich Zeit nahm, um an seinem Buch zu arbeiten. Er selbst hatte alle Mittel in der Hand, seinen Traum zu erfüllen.

Obwohl ihm all dies bewusst war und obwohl er alles daran setzte, seine Blockade zu überwinden, fiel ihm dennoch lange – sehr, sehr lange – nichts ein. Nichts, was ihn selbst ausreichend interessierte, um darüber zu schreiben. Nichts, von dem er annahm, dass es die Leser seines Romans interessieren würde.

Und so hatte sich Ananda, ohne dass sein Dilemma gelöst war, hingesetzt und angefangen zu schreiben. Denn er wusste einfach, dass das Schreiben an sich ihm unendlich viel Spaß machte.

Er trennte sich von dem Gedanken, einen Roman zu schreiben, der seine Leser interessieren musste. Er trennte sich von dem Zwang, etwas zu schreiben, das ihn selbst interessierte. Alles, was er wusste, war die Freude, die er beim Schreiben empfand. Und bei der Vorstellung, einen Roman mit seinem Namen auf dem Einband in Händen halten und in Buchläden und Bibliotheken finden zu können.

Ananda hatte die beiden wichtigsten Seiten seines Traums erkannt: die Freude am Schreiben und das Glück, das er empfand, wenn er von seinem fertigen Roman träumte. Er kannte den Weg, den er gehen musste, um sich seinen Traum zu erfüllen.

Also setzte er sich an seinen Schreibtisch und schrieb. Er schrieb so lange, bis er viele, viele Seiten geschrieben hatte. Genug Seiten für seinen ersten eigenen Roman, den er nun veröffentlichen konnte.

Ananda vergaß allmählich, dass ihm noch immer der passende Romanstoff fehlte. Er hatte die Suche längst aufgegeben, denn er wollte nicht länger warten. Ananda schrieb weiter und weiter. Er freute sich über das Tun wie ein seliges Kind, das sich stundenlang mit ein und demselben Spielzeug beschäftigte und darüber überglücklich war.

So füllte sich Seite um Seite. Und auf seinen Seiten reihten sich viele kleine Ideen aneinander, Ideen, über die er vielleicht noch viel ausführlicher schreiben könnte. Vielleicht in einem nächsten Buch? Er erfand kleine Geschichten, Skizzen von Menschen, Situationen, die er noch weiter hätte ausmalen können. Mehr und mehr Ideen ließ Ananda durch seine Hände auf das Papier fließen und die vielen kleinen Ideen fügten sich, Stück für Stück, zu einem Mosaik zusammen. Immer mehr entstand ein Bild, das sich an manchen Stellen blass, verwaschen und undeutlich zeigte, an anderen Stellen bunter und schärfer.

Ananda hatte es tatsächlich geschafft, seinen großen Lebenstraum zu verwirklichen. Vor ihm auf dem Tisch lag ein fertiger Roman, sein Roman!

Glücklich betrachtete Ananda vor seinem inneren Auge das Bild, das in seinem Roman entstanden war – das Mosaik, zusammengesetzt aus den vielen kleinen Träumen, die er aufgeschrieben hatte. Ananda betrachtete das Bild und erkannte, dass er über sich selbst geschrieben hatte.